ナタリー

La délicatesse

David Foenkinos

ダヴィド・フェンキノス　中島さおり訳

早川書房

ナタリー

LA DÉLICATESSE
by
David Foenkinos

Translated by
Saori Nakajima
First published 2012 in Japan by
Hayakawa Publishing, Inc.
This book is published in Japan by
arrangement with
Éditions Gallimard
through Bureau des Copyrights Français, Tokyo.

私が事物と和解できることはないだろう、たとえ瞬間のひとつひとつが
時間から身をもぎ離し、私に口づけしようとも。

シオラン

1

ナタリーはどちらかというとおとなしい（スイス女性のような）性質だった。思春期もさしたる衝突は起こさず、お行儀よく歩道を歩くようにして過ぎた。二十歳になったときには、未来は彼女に微笑んでいると感じた。彼女は笑うことが好きで、読むことも好きだった。が、二つは滅多に両立しなかった。悲しい話のほうが好きだったから。文学専攻は、彼女の好みからすると現実的でなさすぎるように思えたから、経済学を学ぶことにした。夢見がちな外見とはうらはらに、曖昧なことに価値を認めなかったのだ。顔に不思議な微笑みを浮かべながら、エストニアのGDPの推移のグラフを何時間も見つめていることができた。大人になってからは、ときどき子ども時代を思い返したりもした。幸せな時間は、二、三のエピソードにまとまっていて、いつも同じだった。浜辺を走ったり、飛行機に乗ったり、父親の腕の中で眠ったり。けれども彼女はノスタルジーを感じることは決してなかった。それはナタリー[*1]という名前にしてはかなり稀なことだ。

2

カップルというのはたいてい、自分たちの物語を語るのがとても好きで、自分たちの出会いは特別なものだったと考えたがるものだ。そして、完膚なきまでにありきたりな、数限りない結びつきが、とにもかくにも、ちょっとうっとりするような細部《ディテール》によって色づけられる。結局のところ、ひとがやっているのは、どんなことにも細かいコメントをつけるということなのだ。

ナタリーとフランソワは往来で出会った。男が女に声をかけるのは、いつだって微妙なものだ。女はきっと「この人、いっつもこういうことをやっているんじゃないかしら？」と思うに決まっている。男たちはたいてい、これが初めてだと言う。彼らの言うことを聞いていると、いきなり前代未聞の霊感が襲ってきて、今までずっと持ち続けていた臆病さを吹っとばしたかのようだ。女たちは条件反射的に、時間がないと答える。ナタリーも例外ではなかった。愚かな反応だ。というのは、ナタリーには大してすることはなかったし、こんなふうに声をかけられるのを想像するのは好きだったからだ。まだ実際には誰にもされたことがなかった。ナタリーは何度か考えてみたことがある。あたしって、よっぽどふてくされてるか気のない顔しているのかしら？　女友だちの一人に言われたことがある。「誰もあんたを呼び止めないのは、いかにも時間に追われている女です、っていう風に見えるからよ」

男が見知らぬ女性に近づこうとするとしたら、それは何か甘い言葉をかけるためだ。こんなセリフをお見舞いするために、女性を呼び止める命知らずの男がいるだろうか？　「どうしてこんな靴が履けるんですか？　あなたの親指は収容所に入ってるようなもんだ。恥を知りなさい。あなたは自分の足を痛めつけるスターリンではないですか！」誰がこんなことを言えるだろう？もちろんフランソワはそんなことは言わず、おとなしく褒め言葉を言う側についていた。彼は、なによりも捉えがたいもの、ときめきというものを捉えようとしてみた。なぜ彼女を呼び止めたか？　それはたぶんきっと、彼女の身のこなしのせいだった。なにか新しいもの、ほとんど子どもっぽいもの、膝蓋骨のラプソディのようなものを感じたのだった。彼女にはなにか、人の心を動かす性質があって、動きが優美だったのだ。そしてこう思った。「このひとは、まさに、僕が週末にジュネーヴにいっしょに出かけたくなるタイプの女性だ」そこで、両手で勇気をつかみと

1　ナタリーたちにはしばしば、明らかなノスタルジーの傾向が見られる。

り――この瞬間、手が四本あればもっといいと思った。なにより、彼にとって、これはほんとうに初めてのことだったのだ。今ここで、この歩道の上で、ふたりは出会った。導入部はまったく月並みだが、それが引き起こした物事のほうは、それほど月並みではないことが後で分かる。

最初の数語をもごもご言うと、あとはすぐにすらすらと出てきた。彼の言葉は、ちょっと悲壮で、けれどもとても感動的な力、つまり絶望の力に押し出されたものだった。これがまさに逆説の魔力というものだ。情況があまりにもよくなかったために、かえって優雅に切り抜けられた。三十秒もすると、彼はまんまと彼女をにっこりさせることができた。それは無名の誰かさんが何者かになるためのきっかけだった。コーヒーを一杯付き合ってもよいという返事で、彼女がまったく急いでいなかったことが分かった。彼は、ついさっき視界に入ってきたばかりの女性とこうしていっしょに時を過ごせるなんて、不思議なことだと思った。フランソワはもともと街で女性を眺めるのが好きだった。良家のお嬢さんたちのあとを追ってアパルトマンの扉まで行ってしまうようなロマンチックな少年だったことすら思い出せる。メトロでは、これと思う女性を遠くに見つけると、そばに行くために車両を換えたりもした。しかし官能の支配下にあってもロマンチックな男には変わりなく、女たちの世界は結局は、ただひとりの女に還元できると考えていた。

彼は彼女に何を飲むかと尋ねた。何を頼むかでふたりの将来が決まる。彼は考えた。「デカフェを頼んだら、席を立って出て行ってしまおう。この種のデートでデカフェを頼んじゃいけない。フレンドリーな雰囲気がこれほどない飲み物もないからな。紅茶もだめだ。出会ったばかりなのに、もう、ちょっと退屈で所帯じみた雰囲気が生まれてしまう。日曜の午後をテレビを見ながら過ごすことになるような気がする。しかも義理の親のところだったら最悪だ。そうだ、紅茶ってのはまさに、義理の家の雰囲気だ。じゃ、なんだ？　アルコール？　だめ、この時間にそれはいけない。突然、呑み始める女というのも怖いし。赤のグラスワインだってだめだ」フランソワは相手が何を飲むか選ぶのを待ちながら、こんなふうに自己流女性第一印象液体分析を続けた。他にどんなものが残っているだろうか？　コカ・コーラ、その他のソーダ類……だめだ、ありえない、ぜんぜん、女性的じゃない。どうしてもっていうなら、ストローもいっしょに頼まなきゃね。とこう考えたすえ、ジュースがいい、と彼は思った。そうだ、ジュースだ、これはいい。フレンドリーな雰囲気があるし、挑発的でもない。優しくてバランスのとれた女の子という感じがする。だが、なんのジュース？　あんまりありきたりなのは避けたほうがいいな。りんごジュースとオレンジ・ジュースはやめておこう。もうほんのちょっとオリジナルで、エキセントリックにはならないもの。パパイアとかグアヴァはちょっと怖い。そうじゃなくて、一番いいのは、その中間を選ぶことだ、アプリコットのような。ほら、それだ。アプリコット・ジュース、完璧だ。彼女がもしアプリコット・ジュースを選んだら、結婚するぞ、とフランソワは思った。まさにそのとき、深い物思いから我に返ったように、ナタリーはメニューから顔を上げた。目の前の見知らぬ男と同じ考えを追っていたのだ。

「私、ジュースにするわ……」

「……?」

「アプリコット・ジュース、そうする」

フランソワはナタリーを見つめた。まるで夢が現実に闖入してきたとでもいうように。


ナタリーがこの見知らぬ男とお茶をするのを承知したのは、彼に惹かれたからだった。すぐに彼女は、この、見え透いた目的とぎこちないアプローチが混じり合った、ピエール・リシャールとマーロン・ブランドの間で迷っているような態度が好きになった。外見のことを言うなら、彼には軽い斜視、ごくごく軽く、しかし目に見える程度の斜視があって、それは彼女が男性にあるといいと思っているものだった。そう、この男にそれがあるのにはびっくりした。それに、フランソワという名前だった。前からこの名が好きだったのだ。エレガントで落ち着いていて、ナタリーが五〇年代ってそんなふうだったんじゃないかと思っているような感じだった。フランソワはもうすっかりリラックスして話していた。ふたりの間には言葉が途切れることもなく、気まずさも緊張もなかった。十分もすると、道で声をかけ、かけられたという最初のシーンは忘れてしまった。ふたりはもっと前に出会っていて、デートで会っているような気がした。それは目も眩むような自然さだった。あまりに自然だったから、なにを話そうかとか、面白いことを言おうとか、好感を持ってもらえるよう努力する必要があった、以前のすべてのデートが馬鹿らしく思えてきた。ふたりがお互いのために存在しているというのは、ほとんど笑えるほどだった。ナタリーは、もう見知らぬ男ではなくなったこの青年を見た。彼を他の誰からも区別できなくしていた靄《もや》のようなものは、いつのまにか彼女の目から消えていた。彼と出会ったとき、自分はどこに行こうとしていたのかを思い出そうとした。それはぼんやりしていた。彼女は目的もなく歩くようなタイプではなかった。読んだばかりのコルタサルの小説の跡を歩こうとしていたのではなかったか？　文学はそこに、いまや、ふたりの間にあった。そう、まさにそうだ、彼女は『石蹴り遊び』を読んで、主人公たちが「浮浪者のふとした一言から生れ落ちた道順」をたどりながら往来で出くわそうとする場面がことのほか気に入ったのだ。夜、主人公たちは、どの瞬間に彼らは出会うことができたか、いつ、彼らが間違いなくすれ違ったかを見るため、地図の上に自分たちがたどった跡をもう一度再現してみる。彼女が行こうとしていたのはそこだ。つまり小説の中だ。

3

ナタリーの好きな小説三篇

アルベール・コーエン『選ばれた女』
マルグリット・デュラス『愛人《ラマン》』
ダン・フランク『別れるということ』

4

フランソワは金融関係で働いていた。五分もいっしょにいれば、それが、ナタリーが経済学をやっているのと同じくらい変だと分かった。もしかしたら進路の選択というのはいつも、具体的な条件にがんじがらめにされるのかもしれない。そうはいっても、彼が他の何をやっていたか想像するのも難しい。われわれが見たのは、ナタリーに出会ったときの彼で、ほとんどシャイといってもよかったが、実はバイタリティに満ち、溢れるほどのアイディアとエネルギーを持った男だった。熱中すれば、どんな仕事だってできただろう。ネクタイの訪問販売だって。カバンひとつ持って歩き、首を絞めることを考えながら手を握る姿が容易に想像できるような男だった。彼には、どんなものでも売りつけることのできる、こういう人間特有の、イライラさせるような魅力があったのだ。彼にかかったら、夏にスキーにだって出かけただろうし、アイスランドの湖に泳ぎにも行っただろう。彼は初めて道で女性に声をかけて、運命の女に当たるような男なのだ。なにをやってもうまくいくようだった。だったら金融だって、うまくいかないわけがない。彼はついこのあいだまでやっていたゲームのモノポリのノリで何百万を賭ける、トレーダーの卵の一人だった。けれど、銀行を一歩出るや否や、まったく別の男になった。CAC40（フランスの株価指数）はオフィスビルの中だけのことだった。仕事が理由で夢中になっていることを、止めるようなことはなかった。彼はなによりもパズルが好きだったのだ。おかしなことかもしれないが、彼の逸り立つ心を落ち着かせるには、何千ものピースをつなぎ合わせて過ごす土曜日に勝るものは何もなかった。ナタリーは自分の恋人がリビングにうずくまっている姿を見ているのが好きだった。それは静かな眺め。と、突然、彼は跳ね上がって「さ、出かけよう！」と叫ぶのだ。そうだ、はっきりさせておかなければならない最後のポイントはこれだ。彼は過渡的段階を好まない人間だった。彼が好んだのは激変、沈黙から叫びに一気に飛ぶことだったのだ。

フランソワといっしょにいると、時間は狂ったような速さで過ぎた。日を飛ばし、曜日のひとつ抜けた奇妙な週を作る能力があるみたいだった。出会ったかと思う間に、もう二周年の記念日を祝っていた。雲ひとつない二年間、それは、喧嘩ばかりしているほとんどのカップルを狼狽させるような類のものだった。彼らはチャンピオンに向けるような尊敬の眼差しで仰ぎ見られた。

ふたりは愛のマイヨ・ジョーヌ（ツール・ド・フランスで首位走者が身につける黄色いジャージ）だった。ナタリーは、フランソワの日常の世話もしながら、好成績で学業を続けた。自分よりちょっと年上の、すでに職に就いている男を選んだことで、彼女は親の家を出ることができたのだった。けれども、彼に経済的におんぶしたくはなかったので、週に何日か、劇場で座席案内係として働くことにした。彼女は、大学のちょっとものものしい雰囲気とバランスをとるのにちょうどよい、この仕事が気に入っていた。観客がすべて席についてしまうと、彼女は一番後ろの席に腰を下ろして、もうそらで覚えている芝居を見るのだった。女優と同じリズムで唇を動かし、拍手のときには観客に挨拶をした。それからプログラムを売った。


芝居を完璧に覚えていたので、彼女は日常生活に、芝居のセリフを紛れ込ませたり、仔猫が死んだと猫の鳴き声を真似しながらリビングを往ったり来たりした。最近はミュッセの『ロレンザッチョ』を演《や》っていて、メチャクチャに、まったく脈絡なくこんなことを言っていた。「こっちから行こう。ハンガリー人めの言うとおりだ」あるいは「そこのぬかるみの中にいるのは誰だ？そんな恐ろしい声で叫びながら我が宮殿の城壁をうろつくのは誰だ？」この日、フランソワが集中しようとしているときに聞いたのはまさにこれだ。

「もうちょっと静かにしてくれないか？」と彼は頼んだ。

「あ、オッケー」

「今、とっても大事なパズルをやってるんだ」

そう言われてナタリーは、恋人が熱中しているのを邪魔しないように、おとなしくすることにした。このパズルはどうも今までのとは違うようだった。絵柄がないのだ。お城も人物もなし。ただ白いバックに、赤い曲線がいくつか浮いているだけで、曲線は文字だということが分かりかけていた。パズルの形をしたメッセージなのだ。ナタリーは開いたばかりの本を置いて、パズルの進行を追うことにした。フランソワはときどき、彼女のほうを振り返った。そろそろ終わりに近づいて、最終的に書かれた文字が浮き上がり始めていた。もうピースはいくつかしか残っておらず、ナタリーにはフランソワのメッセージが分かった。何百ものピースを使って、入念に組み立てられたメッセージ。そう、いまや、こう書いてあるのが読めた。「僕の妻になってくれますか？」

5

二〇〇八年十月二十七日から十一月一日に
ミンスクで行われた

パズル世界選手権入賞者

一位　ウルリッヒ・フォイクト　ドイツ　一四六四ポイント

二位　メフメット＝ムラト・セヴィム　トルコ　一二六六ポイント

三位　ロジャー・バーカン　アメリカ　一二四一ポイント

6

こんなふうに美しく進んできたふたりの歩みをいささかも損なわず、結婚式はたいへん成功した。シンプルで心和む、豪華すぎも質素すぎもしない結婚式。招待客ひとりにつきシャンパンが一本あって、これは便利だった。楽しい気分は見せかけではなかった。結婚式にはめでたい気分にならなきゃいけない。誕生日よりずっとめでたい気分に。喜ばなきゃいけないものにもヒエラルキーというものがあって、結婚式はピラミッドの頂点にある。にこにこしなければならないし、ダンスをしなければならないし、そして時間がきたら老人は寝に行かせなきゃならない。忘れず言っておかなければならないのは、何週間も前から準備して、この日に姿を現すときに、体重と顔の色艶が一番良くなるように、念入りに用意したナタリーの美しさだ。完璧にコントロールされた準備だった。彼女は美しさの頂点にいた。このただ一度しかない瞬間を永遠に焼き付けておく必要があった。アームストロングが月にアメリカの国旗を立てたように。フランソワは感動して彼女を見つめた。そしてこの瞬間を、誰よりも記憶に焼き付けたのは彼だった。妻は今、目の前にいた。そして彼は、これが自分が死ぬときに瞼に浮かぶ姿だと思った。至福とはそういうものだ。彼女は立って、ビートルズの歌を[*1]ひとつ歌った。フランソワはジョン・レノンの大ファンだった。第一、ジョン・レノンへのオマージュのために白い服を着ていた。こうして、新郎新婦は踊り、ふたりの白はひとつに溶け合った。

困ったことに、雨が降り出した。そのせいで招待客たちが戸外の空気を吸ったり、せっかくレンタルした星を眺めたりができなくなった。こういう場合、ひとはくだらない諺、たとえば「雨の日の結婚式、幸せな結婚生活」などと言うのが好きだ。どうしてひとはいつもいつも、こういうばかばかしい言葉を受け入れるのだろう？　別に大したことじゃないのは当然じゃないか。雨が降ったら、ちょっとさびしくなる、それだけのことだ。外で一息つく時間がなくなって、パーティーの夜は規模が少し小さくなった。雨がますます強く降るのを見て、みんな、すぐに居心地

1　Here, There and Everywhere（1966）

が悪くなるだろう。予定より早く帰る客もいる。雪が降っていたって変わらないように踊り続けるのもいる。どうしようかまだ迷っている者もいる。そんなことが、新郎新婦にとって、ほんとうに大事なことだろうか？　幸福の時間は、群集の中で孤独であるときに来る。そうだ、彼らはくるくる回るメロディーとワルツの中でふたりきりだった。できるだけ長い間、回り続けなきゃならない、と彼は思った。どこへ行くかもう分からないほど。彼女はもう何も考えていなかった。生は初めて、その唯一絶対的な密度になった。つまり「現在」という密度だ。

フランソワはナタリーの腰をつかまえて外に連れ出した。ふたりは走って庭を横切った。彼女は彼に「狂ってるわ」と言ったが、それは彼女を有頂天にさせるような狂気だった。びしょぬれになったふたりは、木の下に身を隠した。夜の闇の中、雨の降る中で、ふたりは泥になりかけた土の上に横になった。白い服はすでに過去の思い出になってしまった。フランソワは妻のドレスを捲り上げ、パーティーの始まったときから、自分のしたかったことはこれだったのだと思った。教会ですることもできたかもしれない。ふたりの「はい《ウィ》」をじかに讃える方法だ。彼はその欲望をこの瞬間まで抑えていたのだ。ナタリーはその激しさに驚いた。彼女はもうあれこれ考えていなかった。彼女は、ふつうに息をしよう、激情に駆られないようにしようと思いながら夫に身を任せた。彼女の欲望はフランソワの欲望の後を追った。彼女は、夫と妻としての最初の夜、今ここで抱かれたいと思った。彼女は期待して待っていた。フランソワは旋風を起こした。狂ったエネルギーに取り憑かれていた。悦楽の途方もない欲求。しかし、いざ挿入するときになって、彼は固まってしまった。あまりにも激しい幸福への恐れに似た不安、いや違う、別のものだ、この瞬間、彼を悩まし、そして続けるのを妨げたのは。「どうしたの？」と彼女が尋ねた。彼は答えた。「なんでもない……なんでも……ただ、初めてなものだから、人妻とするのは」

7

ひとが繰り返し口にしたがる馬鹿げた諺

七転び八起き

＊

笑う門には福来る

＊

いやよいやよも好きのうち

8

ふたりは新婚旅行に行き、写真を撮り、帰ってきた。いまや実生活の部分に手をつけなければならなかった。ナタリーは学業を終えてすでに半年たっていた。今までは、結婚準備をアリバイにして、仕事を探さないでいた。結婚式の準備は、戦後の組閣のようなものだ。で、対独協力した連中はどうしよう？　というようなこまごまとした問題がたくさんあって、時間をそのためにしか使わないことを正当化する。とはいうものの、それは本心ではなかった。彼女がほんとうにしたかったのは、本を読んだり、散歩をしたり、自分のためにだけ時間を過ごすことだった。まるで、これからはこんな時間がなくなると知っているかのようだった。仕事と妻としての生活に呑み込まれてしまうだろうと。

ようやく面接を受けることになった。就職活動を始めてみて、これがなかなか容易ではないことに気がついた。現実とはこういうものか？　彼女は立派な学歴を手に入れたと思っていたし、いくつかの企業でのインターンシップの経験もあって、それはコピーを取りに行ったり、コーヒーを淹れたりするようなものではなかったのだが。彼女は、とあるスウェーデン企業の職に応募して面接の機会を得た。人事部長でなく直接、社長に迎えられたので驚いた。採用に関して、社長はすべてを自分の支配下におきたい。これが公式の説明だった。真実はもっとずっと実際的な話だった。人事部に行った折に、彼はナタリーの履歴書の写真を見たのだ。それはなかなか不思議な写真だった。これを見ても容姿を評価することができないのだ。もちろん、美しくないというわけではない、が、社長の目をひきつけたのはそれではなかった。別のものだ。彼がはっきりと何とは言えなかったもの、むしろ感覚に近いもの、聡明さ。そうだ、それが彼が感じたものだ。この女性は聡明だと思ったのだ。

シャルル・ドラマンはスウェーデン人ではなかった。しかし、社長室に一歩入るだけで、そうなろうという野心があるのではないかと疑うには十分だった。もちろん株主の気に入るためにだ。ＩＫＥＡの家具の上に、ぽろぽろと屑を散らす小さいラスクが載っていた。

「あなたの経歴はたいへん興味深いと思いましたが……」

「はい、なんでしょうか？」

「指輪をしていますね。結婚しているのですか？」

「あの……ええ、しています」

間があいた。シャルルは何度もこの女性の履歴書を見ていたのだ。それなのに、彼女が既婚者だと気がついていなかった。彼女が「ええ、しています」と言ったとき、彼はもう一度、履歴書に目を落とした。確かに既婚者だった。まるで、写真が彼の脳みそのなかで、この女性が未婚か既婚かを見えなくしていたかのようだった。結局のところ、それはほんとうに大事なことだろうか？　気まずい雰囲気をいささかも残さないように、面接を続けなければならなかった。

「で、子どもを作る予定はありますか？」と彼は続けた。

「当面はそういうつもりはありません」ナタリーは、まったく躊躇なく答えた。

この質問は結婚したばかりの若い女性の就職の面接にあたっては、ごく自然にきこえるものだった。けれども彼女は何か違うものを感じた。それが何であるか、はっきりとつかむことはできなかったけれども。シャルルは話すのをやめて彼女をまっすぐに見た。最後に、彼は立ち上がり、ラスクをひとつ取り上げた。

「クリスプロール（スウェーデン製のラスク）はいかが？」

「いえ、けっこうです」

「まあ、そう言わず、召し上がれ」

「ありがとうございます。でも、お腹がすいていないんです」

「慣れないといけませんよ。ここではこれしか食べないんだから」

「ということは、つまり……？」

「そう、採用ですよ」

9

ナタリーはときおり、他人が彼女の幸福を羨ましがっているような気がした。それは漠然としていて、なにも具体的なものではなく、ただ、ふとそう感じるだけだった。けれどもちょっとした出来事や、浮かんだかと思うと消える、けれど多くを語る微笑みや、人が彼女を見る目つきなどから、それを感じていた。誰も、彼女がこの幸福を怖がることがあると、幸福が不幸の危険を孕んでいるのではないかと恐れることがあると、想像できる者はいなかった。彼女は「幸せよ」と言うと、もう一度言いなおすことがあった。人生が結局は悪いほうへ傾いてしまったときに、今の幸せな時を思い出すための呪文かなにかのように。

結婚式に出席した家族と友人は、「最も身近な社会的プレッシャー」とも呼べるものになった。子どもの誕生を求めるプレッシャーだ。他人の人生を面白がろうなんて、そこまで自分の人生に退屈しているのだろうか？　しかしそういうものだ。ひとは他人の願望を無理強いされて生きている。ナタリーとフランソワは、周囲のための娯楽になりたいとは思わなかった。愛に満たされたカップルの型どおりに、さしあたっては、世界でふたりきりでいたいと思っていた。彼らは出会ったときから、自由気ままに生きてきた。旅行がなにより好きで、天気がよければどんなウィークエンドも逃さず、ロマンチックな無邪気さでヨーロッパを駆け巡った。ローマ、リスボンあるいはまたベルリンで、愛し合うふたりを目撃することができただろう。ふたりは、あちこち蝶のように飛び回っているときに一番、結びついていると感じた。こうした旅行はふたりにとって、小説的《ロマネスク》なものが現実に持つ意味を表してもいた。夜になると、夢中になって自分たちの出会いのことを語り合った。細部を記憶に刻みなおして楽しみ、偶然の正しさをお互いに称え合った。自分たちの愛の神話となると、ふたりは、飽きることなく同じ物語を語りきかせてもらう子どもたちのようだった。

であるから、そうだ、こんな幸せは恐怖を感じさせもするだろう。

日常生活がふたりの愛を消耗させることもなかった。仕事がどんどん忙しくなっても、ふたりは会うようにした。たとえ短い時間でも昼食をいっしょにするようにした。「親指上《タンマ》の昼食（フランスではゲームの中断を求めるときに親指を上げるところから）」とフランソワは言っていた。そしてナタリーはこの表現が好きだった。草上の昼食のように親指の上で昼食をしているカップルを描いた近代絵画を想像した。ダリだったら描きそうな絵だと、彼女は言った。言った人間がなんとも思っていないのに、聞いた人間がひどく気に入って、すばらしいと思うような言葉がある。フランソワはそんなダリの絵があったらいいなと思い、自分の妻が、絵画の歴史をでっちあげたり、書き換えたりしてしまえると思うとうれしくなった。それは極端にまで押し進められた一種のナイーヴさだった。彼は、今、君が欲しい、どこかで抱きたい、どこでもいいからと囁いた。それはできなかった。彼女はもう行かなければならなかった。だから彼は夜まで待って、欲求不満のまま過ぎた何時間ものあいだに積もり積もった欲望でもって彼女に飛び掛かることになるだろう。彼らの性生活は、時間がたっても淡白にならなかったようだ。珍しいことだが、ふたりの間には日々、最初の日の痕跡がまだ残っていたのだ。

彼らは付き合いもなくさないようにして、引き続き、友人たちに会ったり、芝居に行ったり、予告なしに祖父母に会いに行って喜ばせたりした。ふたりきりで閉じこもってしまわないように、倦怠の罠に引っかからないようにしていた。そんなふうにして何年もが過ぎたが、そんなすべてが、なんでもないことのようだった。他のカップルだったら、努力がいるところだったのに。ナタリーは「夫婦は作っていくもの」という言葉が理解できなかった。彼女の考えでは、うまくいくものは何もしなくてもうまくいくし、そうでなければうまくいかないだけのことだった。すべてがうまくいって、波風がまったく立たないとき、そんなふうに考えるのはたやすい。いやもちろん、たまには波が立つこともあった。けれどそれさえ、喧嘩するのはただ仲直りするのが楽しいからではないかと思わせる類のものだった。それでは何が問題だと？　これほどうまく行くことが、かえって心配だったのだ。そんなふうに安らかに、生きている者には珍しいほど器用に、時は過ぎていった。

10

ナタリーとフランソワがこれから行こうと思っている所

バルセロナ

＊

マイアミ

＊

ラ・ボール

11

呼吸さえしていれば時は過ぎる。ナタリーがスウェーデン企業に勤めるようになってもう五年経った。あらゆる種類の活動をした五年間。廊下とエレベーターの行ったりきたり。パリ－モスクワ間の距離にも匹敵する。五年間で飲んだ自販機のコーヒー一二一二杯。うち三二四杯はクライアントとの四二〇回にわたる会合で消費した。シャルルは、彼女を自分の側近に数えて喜んでいた。彼女の仕事を称えるためだけに社長室に呼ぶことが稀ではなかった。確かに、彼がそういうことをしたのは、とくに夕方だった。他の社員がみな帰った後だ。しかし下品なことをしたわけではない。彼はナタリーに対して、とても優しい気持ちを持っていて、ふたりだけで会うこういう時間を大切にしていた。もちろん、彼は曖昧な状況を作ろうとしていた。他の女だったら誰でも、こんな策略は見破っただろう。が、ナタリーは不思議な一夫一婦制の霧、失礼、愛の霧の中で生きていた。この愛のために、ナタリーにとっては、夫以外のすべての男が存在しなくなったばかりでなく、誰かが誘惑をしかけようとしていると客観的に見て取ることもできなくなっていた。シャルルはそれを面白がって、フランソワという男を架空の人物のように考えた。もしかしたら、こんなふうに彼女が決して誘惑に陥らないのが、挑戦のように見えていたのかもしれない。いつかきっと、ふたりの間に悩ましい状況を作り出してやる、たとえほんのちょっとであっても。しかしときおり、彼は態度を反転させることもあった。そして彼女を採用しなければよかったと思った。この決して手に入らない女性を毎日目にすることは、彼を憔悴させたのだ。

社内では、ナタリーは社長に贔屓されていると思われ、ぴりぴりした雰囲気が生まれることもあった。彼女はそれを和らげようと、陰口などは相手にしないようにした。彼女がシャルルと距離を保っていたのは、そういう理由もあった。時代遅れの「寵姫」の役にはまってしまわないこと。自分のエレガンスとオーラが社長に影響を及ぼしているからには、自分に対する要求度をアップしなければと感じたのかもしれない。それが正しいかどうかは知らないまま、そう感じたのだ。有能で、エネルギーに溢れ、頑張り屋の彼女が社内で出世するだろうということでは、みんなが一致していた。スウェーデン人の株主たちは、何度も、彼女のすばらしいイニシアチブを耳にした。彼女は嫉妬を搔き立てたので、下司な陰謀も実際に企てられた。彼女を動揺させようとしたのだ。が、彼女は苦情を言わなかった。夜になって、フランソワに会ったとき、泣き言を言うようなタイプではなかった。それは、出世争いの馬鹿騒ぎにそれほどの重要性はないと表明しているのでもあった。こういう、自分の問題を気に留めない才能は強さだと受け取られた。それはもしかしたら彼女の最も優れた素質、自分の弱さを見せないという素質だった。

12

パリ－モスクワ間の距離
二四七八キロメートル

13

週末は、ナタリーはくたくたに疲れていることが多かった。日曜日は読書して過ごすのが好きで、ソファに横になり、ページをめくったり、夢想に耽ったり、またページをめくったりしているうちに、眠気が小説に勝つのだった。彼女は足に毛布をかけていた。他に何か言うことがあったか、ああ、そうだ、ポットにお茶を用意して、尽きることのない泉の水のように、ちびちび、ちびちび飲むのが好きだった。あの、すべてが変わってしまった日曜日、彼女は長いロシアの物語を読んでいた。トルストイやドストエフスキーよりも読まれず、後世の不正について考えさせてくれるような作家だ。彼女は主人公が軟弱で、行動力に欠け、日常生活にエネルギーを注げないところが好きだった。こういう弱さは悲しい。彼女は、お茶でもそうであったように小説でも、連綿と流れ続けるもの、大河小説が好みだった。
フランソワが近づいて来て、「何読んでるの？」と言った。彼女はロシアの作家だと答えたが、誰とはちゃんと言わなかった、彼が質問をしたのは、ほんとうにそれが知りたいわけではなく、ただ言葉をかけるためだけに思えたから。日曜日だったので、彼女は読書をし、彼はジョギングをする。彼はいつもの、彼女がちょっと滑稽に見えると思っているハーフパンツを穿いていた。彼を目にするのはこれが最後だなどと、彼女には分かるはずもなかった。彼はそこらじゅう跳ね回った。いつも、こんなふうにリビングで準備運動をして、出かける前に深呼吸をするのだった。後に大きな空虚を残すためみたいに。それは成功するだろう、確実に。出かける前に、彼は妻のほうにかがみこみ、何か言った。不思議なことに、彼女はこの言葉を思い出すことがないだろう。ふたりの最後に交わした言葉は、宙に消えてしまうだろう。それから彼女は寝入った。

目が覚めたとき、どれほどの間眠っていたかはよく分からなかった。十分あるいは一時間？彼女はまたお茶をカップに注いだ。まだ温かかった。ということは時間を知る手がかりになる。何も変わったようには見えなかった。眠る前とまったく同じシチュエーションだった。そうだ、みんな同じだった。こうして同じ世界に戻っていこうとする間に電話が鳴った。感覚が不思議につながって、電話の音はお茶の湯気と混じり合った。ナタリーは受話器をとった。一秒後、人生はもう同じものではなかった。本能的に本に栞を挟んで、急いで外へ出た。

14

病院のホールに着いて、何を言ったらよいのか何をしたらよいのか分からなかった。長いこと、動けずにいた。受付で、とうとう、どこで夫に会えるのか教えられ、そして見つけた彼は横たわっていた。身動きひとつせず。眠っているみたいだ、と彼女は思った。夜、眠っているとき、彼は決して動かなかった。そして今はちょうど夜だったのだ。

「可能性は？」とナタリーは医師に尋ねた。

「わずかです」

「わずかってなんですか？　わずかっていうのは、まったくないってことですか？　だったらまったくないって言ってください」

「そんなことは言えません、奥さん。微かな可能性です。どうなるかは分かりません」

「いいえ、あなたには分かっているんです。分かるのがあなたの仕事でしょう！」

彼女はこの言葉を力の限りに叫んだ。何回も。それから口をつぐんだ。そして、医師をまじまじと見つめた。医師もまた茫然として動けなくなっていた。彼はたくさんの悲劇的な場面に遭遇してきた。しかし今、なぜか説明できないが、悲劇の段階の中でも一段高いようなものを感じていた。医師はこの女性の顔、苦痛でゆがんだ顔を凝視した。あまりの苦痛に干上がってしまって、泣くことができない顔。彼女は放心してふらふらと彼のほうに進み出、そしてくずおれた。

我に返ったとき、そこには自分の両親がいた。フランソワの両親もいた。一瞬前にはまだ読書していたのに、それが今はもう自分の家にいない。現実が再び組み立てられた。彼女は眠りのなかに戻りたかった。日曜日を巻き戻したかった。こんなことはありえない。ありえない、そう絶えず繰り返し、幻を追うように祈った。夫は昏睡状態だと説明された。何も失われていないのだと。しかし彼女はすべてが終わったと感じた。彼女にはそれが分かっていた。勇気を奮い起こすことはできなかった。いったい何のために？　彼をあと一週間、生の側に引きとめておく。で、その後は？　彼女は目にしたのだ。ぴくりともしない彼を。あんなふうに動かなくなったら、もう戻っては来ない。永遠にそのままだ。

彼女は精神安定剤を与えられた。周りのすべてが崩壊したのに、話さなければならなかった。慰め合わなければならなかった。それは彼女の力の限界を超えていた。
「私はあのひとのそばについていています。付き添っています」

「だめよ。そんなことをしても何の役にも立たないわ。帰って少し休んだほうがいいわよ」と母が言った。

「休みたくない。ここにいなきゃ。私はここにいなきゃ」

そう言いながら、彼女は気を失う寸前だった。医師は、親御さんについていくようにと説得した。「でもあのひとが目覚めたときに私がいなかったら?」と彼女は尋ねた。気まずい沈黙が訪れた。目覚める可能性を信じる人間はいなかったのだ。みんなは、幻想を抱かせて彼女を安心させようとした。「そしたらすぐに知らせますよ。でも今は、ほんとに少し休んだほうがよい」。ナタリーは答えなかった。誰もが、横になるようにと、みんなに合わせて彼女も水平の姿勢をとるようにと勧めた。それで両親といっしょに病院を離れた。母はスープを作ってくれたが、彼女は飲むことができなかった。もう一度薬を二錠飲み、自分のベッドに倒れこんだ。自分の部屋、子ども時代の部屋で。今朝はまだ、彼女は大人の女だった。それが今は、小さな少女のように眠りについた。

15

ジョギングに出る前に、フランソワが言ったかもしれない言葉

好きだよ。

＊

大好きだよ。

＊

スポーツすると後で休むのが気持ちいいんだよ。

＊

今晩、何食べるの？

＊

読書、楽しんでね。

＊

早く帰ってくるね、君にまた会いたいから。

＊

自動車に轢かれるつもりはないよ。

＊

ベルナールとニコルと今度こそ夕食しなくちゃ。

*

しかし僕も一冊くらい本を読むべきだよな。

*

今日はとくに、ふくらはぎを鍛えようと思ってるんだ。

*

今晩は、子どもを作ろうね。

16

何日かして、彼は死んだ。ナタリーは精神安定剤で朦朧としていて、まともな状態ではなかった。ふたりの最後の瞬間のことばかり、何度も何度も考えた。あれはあまりにも馬鹿げていた。どうしてあれほどの幸福がこんなふうに砕け散ってしまうのだろう？　リビングで跳ねている男のおかしな姿で終わるなんて。そして耳に囁かれた最後の言葉だ。絶対に思い出せないだろう。もしかしたら、ただうなじに息を吹きかけただけなのかもしれない。出かけるとき、あのひとはきっともうすでに幽霊だったのだ。たしかに人間の形をしてはいるが音が出せない、それは死がすでに宿っていたからだ。

葬式の日、来なかった者はなかった。フランソワが子ども時代を過ごした地方に、みんなが集まった。こんなにたくさん来てくれて、あのひともうれしいだろうなと彼女は思った。それから、いや、そんなことを考えるのはどうかしていると思った。どんなことであれ、死人がうれしかったりするものか。四枚の板の間で腐っていく途中なのだ。どうしてうれしかったりできよう。近親者に囲まれて棺の後ろを歩いていると、ナタリーはふと、また別の考えに襲われた。この人たちは結婚式に来た人たちと同じだ。そうだ、みんないる。まったく同じ人たち。何年かたって、もう一度集まって、何人かはきっと同じものを着ている。喜びのためにも悲しみのためにも使える、暗い色の一張羅を出してきたのだ。ただひとつの違いは、天気だった。天候は今日はすばらしく、ほとんど暖かいと言えるくらいだった。二月とは思えない絶好のお天気。そう、太陽はいつまでも照り続けた。ナタリーはそれをまっすぐに見つめ、まるで観察でもするようにそうして目をひりひりさせながら、冷たい光の輪のなかに視界をぼやけさせた。

彼は土に埋められて、それで終わりだった。

葬式が終わると、ナタリーはただひとりになりたいとだけ思った。実家に戻りたくなかった。

自分に注がれる、あの同情の眼差しをもう、感じたくなかった。隠れ、閉じこもり、墓の中で生きたかった。友人たちが彼女を送ってくれた。車での道中、誰も何を話したらいいか分からなかった。運転手はちょっと音楽をかけようとした。けれど、すぐに、ナタリーが消してと言った。音楽は耐えがたかったのだ。どの曲もフランソワを思い出させた。どの音もなんらかの思い出、出来事、笑いのこだまだった。彼女は、これは恐ろしいことだと思った。七年間の共同生活は、あらゆるところに彼の影を撒き散らし、呼吸するごとに彼の痕跡に触れずにいられないようにしてしまったのだ。夫の死を忘れさせてくれるものは何もないということが彼女には分かった。


友人たちは荷物を上げるのを手伝ってくれた。が、中には入らないでくれと彼女は言った。

「お引きとめしなくてごめんなさい。疲れているの」

「必要があったら、いつでも電話するって約束してくれる?」

「ええ」

「約束だよ」

「ええ、約束するわ」

彼女は友人たちにキスして、帰ってもらった。ひとりになってほっとした。他の人間だったら、こんな時にひとりは耐えられなかっただろう。が、ナタリーはそうなることだけを願っていた。とはいえ、状況はいやがうえにも耐えがたくなるのだった。彼女がリビングに入ると、すべてがまだそこにあった。もとのままの状態で。なにも変わっていなかった。毛布は今もソファの上にあった。ポットもローテーブルの上に、読みさしの本といっしょに置いてあった。そして彼女が釘付けになったのは、栞だった。本は二つに分かたれていた。栞より前のページはフランソワの生きていたときに読んだ部分。三二一ページで、彼は死んだ。どうしたらいいのだろう？　ひとは夫の死によって中断された本を読み継ぐことができるだろうか？

17

ひとりでいたいという者は誰にも理解されない。孤独でいたいというのは、つまり死の欲求だと思われる。ナタリーはみんなを安心させようとしたけれど無駄で、誰もが会いに来たがった。会いに来られると、彼女は話をしなければならなかった。が、何を言ったらいいか分からなかった。すべてをゼロから始めなければならないように感じた。言語の習得もだ。もしかしたら、究極のところでは、連中が彼女に少しは社会とのつながりを持つよう強制したのは、清潔にし、きちんと装って、訪問を受けるように強制したのは、正しかったのかもしれない。知人たちは入れ替わり立ち代わりやって来た。恐ろしくなるほど、よくバランスがとれていた。彼女は秘書を使った危機管理組織のようなものがあるんじゃないかと想像した。その秘書は彼女の母親に違いなく、大きな計画表になんでも書き込み、家族や親類の訪問と友人の訪問をほどよく割り振っているのだ。彼女はこのサポート・セクトのメンバーが、内輪の会話で、彼女のどんな小さな行動もコメントするのを聞いた。「で、彼女どう？」「何してた？」「何食べてる？」彼女は突然、世界の中心になったように感じた。まさに彼女自身の世界が存在しなくなったというときに。

訪問者のなかで、シャルルは最も足しげく通う一人だった。二日か三日に一度はやって来た。シャルルに言わせれば、これは「彼女が職場とコンタクトを保つ」ひとつの方法でもあるのだった。シャルルは現在進行中のビジネスの進行について語り、ナタリーは、この人は頭がおかしいんじゃないかと思った。中国貿易が今、危機にあるからといってなんだというのだろう？　中国人は彼女に夫を返してくれるのか？　いや、それはできない。そう、だったら何の役にも立たない。シャルルは彼女が何も聞いていないのを感じていたが、こうやっていれば少しずつ効果が現れると思っていた。点滴のように一滴一滴と現実の要素を伝えているのだと。中国も、そのうちスウェーデンも、ナタリーの地平に再び入っていくだろうと。シャルルは彼女のすぐそばに腰かけていた。

「いつでも気が向いたときに戻ってくれればいい。会社は君についてるからね」

「ありがとうございます。ご親切に」

「それに、僕を頼りにしてくれていいからね」

「ありがとうございます」

「ほんとに当てにしてくれよ」

夫が亡くなって以来、どうしてシャルルが彼女に友だちみたいな口のきき方をするようになったのか、ナタリーには分からなかった。これは何を意味しているのだろう？　でも、なんで、こんな変化に意味を探さなければならない？　そんな余力はなかった。もしかしたら彼女の人生のすべてが揺らいでいるわけではないことを示す責任を感じているのだろう。でも、いずれにしても、こんな親しい口のきき方は変だった。それに、いや、くだけた言い方をしなければ言えないこともある。慰めの言葉だ。それを言うには、距離を消さなければ、親密にならなければならない。ナタリーはシャルルがちょっと頻繁に来すぎると思った。そのことを本人に分からせようとしてみた。けれど、泣いている者の言うことは、ひとは聞かないものだ。彼は相変わらず来たし、しつこくなってきた。ある晩、彼女に話しながら、膝に手を触れた。彼女はなにも言わなかったが、この男は残酷なほどデリカシーを欠いていると思った。彼女の悲しみを利用して、フランソワの場所を取ろうとしているのだろうか？　彼は死人の場所（助手席のこと）に座って旅行するタイプなのか？　もしかしたらただ単に、愛情が必要なら、セックスしたいなら、自分がそこにいると彼女に分からせたいと思っただけかもしれない。死と隣り合うと性的な領域に押しやられるというのはよくあることだ。でも今は、ほんとに勘弁してほしい。彼女には他の男なんて想像することもできなかった。だから彼女はその手を撥ねのけ、シャルルは、やり過ぎたらしいと悟った。

「もうすぐ復帰しますよ」と彼女は言った。

この「もうすぐ」とはいつか、あまり分からないままに。

18

ロマン・ポランスキーがトマス・ハーディの小説『ダーバヴィル家のテス』を映画化した理由
これは、死によって中断された読書とまったく同じではない。しかし、ロマン・ポランスキーの妻であったシャロン・テートは、チャールズ・マンソンによって無残に殺害される前に、この本のことを夫に話し、翻案したらよいと示唆していた。映画は、十年くらいして、ナスターシャ・キンスキー主演で実現し、そうしてシャロンに捧げられた。

19

ナタリーとフランソワは、すぐに子どもが欲しいとは思わなかった。それは将来の計画だった。もうこれから、その将来はない。彼らの子どもは想像の域を出ない。ひとはときどき、死んでしまったアーチストのことを思い浮かべて、生きていたらどんな作品を残しただろうと考えてみることがないか？　一九八〇年に死んでいなかったら、ジョン・レノンは一九九二年に何を作曲しただろう？　それと同じだ。決して存在しないだろうこの子どもの人生は、どんなものだったのか？　可能性の岸辺で座礁したすべての運命について、考えてみる必要があるだろう。

何週間もの間、彼女は夫の死を否定するという、気がふれたような態度をとった。夫がいるかのようにふつうの生活を続けるのだ。朝、散歩に出かける前に、リビングのテーブルの上に伝言を残すようなことまでやってのけた。何時間も、人ごみの中に紛れるというただそれだけのために歩いた。信者でない彼女が、教会に入ってみることもあった。そしてもう決して信じることはないと確信した。彼女は宗教に逃避する人間が理解できなかった。悲劇的な事件を経験した後で、信仰を持つことができるということが理解できなかった。それでも、昼日中に、教会の空っぽの椅子に囲まれて座っていると、その場所の持つ力に慰められるのだった。それはとても微かな慰めだったけれども、一瞬の光だった。そう、彼女はキリストの温かみを感じたのだ。だから跪いた。心に悪魔を宿した聖女のようだった。

ときおり、ふたりが出会った場所に戻ってみた。七年前、まだ彼を知らなかった自分が歩いていた、あの歩道の上に。「もし今、別の人に話しかけられたら、私はどうするかしら？」と、彼女は思った。でも彼女の物思いを絶ちにやって来る者はなかった。

夫が轢かれた場所にも行ってみた。この場所を、ハーフパンツを穿いて、ヘッドフォンで音楽を聴きながら走っていて、注意もせず道を渡ったのだ。ドジにもほどがある。彼女は車道の縁に立ち、車が通るのを目で追った。この同じ場所で自殺してしまおうか？　ふたりの血の痕を混じらせ、死んでいっしょになってしまおうか？　長い間、どうすべきか分からず、顔の上を涙が横流れするままに放っておいた。ナタリーがこの場所に戻って来たのは、とりわけ最初のころ、葬式が終わった直後のころだった。どうしてそこまで自分を痛めつける必要があるのか分からなかった。そこにいるのは意味のないことで、ぶつかったときのショックを想像するのは意味のないことで、夫の死をそんなふうにして具体的に感じようとするのは意味のないことだった。しかし実際は、ただひとつの解決法だったのではないか？　こんな悲劇をどうやって乗り越えたらよいか、誰が知っているのか？　こうしたらよいという方法は存在しない。体験したひとりひとりが、その肉体《からだ》が命ずることをするのだ。ナタリーはその場所に行って道路の縁で泣き、死ぬほど涙を流したいという欲求を満たしたのだった。

20

一九八〇年に死ななかったら、ジョン・レノンが発表しただろうアルバムのリスト

Still Yoko (1982)

Yesterday and Tomorrow (1987)

Berlin (1990)

Titanic Soundtrack (1994)

Revival - The Beatles (1999)

21

フランソワを轢いてからのシャルロット・バロンの生活

二〇〇一年九月十一日のテロがなかったならば、シャルロットは絶対に花屋にならなかっただろう。九月十一日は、彼女の誕生日だった。中国を旅行中だった父は、花を届けさせた。ジャン＝ミシェルは、ひとつの時代が崩壊したことをまだ知らずに階段を上った。呼び鈴を鳴らして目にしたのは、シャルロットの青ざめた顔だった。彼女は一言も発することができずにいた。花束を受け取りながら、彼女は尋ねた。

「ご存知ですか？」

「何のことです？」

「こっちへいらっしゃい」

ジャン＝ミシェルとシャルロットは、ソファに座って、高層ビルに突っ込む飛行機の映像を繰り返し眺めながら、一日中いっしょに過ごした。こんな時間をともに過ごせば、いやおうなく絆が生まれる。ふたりは離れがたくなり、自分たちは恋人というよりは友だちだという結論を出す前に数カ月、お付き合いもしてしまった。

ちょっとしてから、ジャン＝ミシェルは自分の花屋を立ち上げ、シャルロットにいっしょに働かないかともちかけた。それ以来、彼らの生活は花束を作ることになった。事故のあった日曜日は、ジャン＝ミシェルが準備を整えてあった。注文主は恋人に結婚を申し込もうというのだ。花を受け取ったら相手はメッセージを理解する。ふたりの間で決められたサインのようなものだ。花は何があってもこの日曜日に届かなくてはならないのだった。彼らの出会った記念日なのだ。出かける直前、ジャン＝ミシェルは母親からの電話を受け取った。祖父が入院したというのだ。シャルロットが代わりに配達すると言った。トラックを運転するのが好きだったのだ。とりわけ、ひとつしか配達がなくて、急がなくてよいときには。彼女はこのカップルのこと、自分がこのロマンスのなかで果たす役割のことを考えた。決定的な役割を果たす無名の人物。彼女はこんなことを考え、また他のことも考えていた。そのとき、男が一人、やみくもに飛び出してきた。ブレーキをかけたが、遅かった。

シャルロットはこの事故に打ちのめされてしまった。心理カウンセラーは、彼女をしゃべらせることで、できるだけ早くショックから脱するように、トラウマが無意識をむしばまないようにしようとした。わりとすぐに、こんな疑問が浮かんできた。「残された奥さんとコンタクトを取るべきか」。結局、そんなことをしても仕方がないと考えた。第一、何が言えただろうか？「申し訳ありませんでした」か？　こんな場合に、ひとは謝るものだろうか？　それに、こんなふうに続けてしまうかもしれないのだ。「おたくのご主人、馬鹿ですよ。あたりかまわず走ってきて。私の人生も台無しにしてくれましたよ。奥さん、そのことお分かりですか？　誰かを殺した後で生きていくのって、簡単なことだとお思いですか？」ときには、この男に、その無思慮に、憎しみがむくむくと湧いて来ることがあった。しかしたいていは黙っていた。彼女はぼうっとして座っていた。こうして黙って時間を過ごしているという点で、彼女はナタリーとつながっていた。二人とも、なにもしたいと思えなくなるどんよりした状態のなかを漂っていた。ショックから立ち直るまでの何週間もの間、彼女は絶えず事故の日に届けるはずだった花のことを考えた。うっちゃられたあの花束は、駄目になった時間の象徴だった。あの事件のスローモーションが絶えず目に浮かんできた、繰り返し繰り返し、衝突の音がして、そのとき花はいつもそこに、前景にあって、目を曇らせるのだ。花は彼女の一日にかけられた屍の衣であり、花びらの形をしているのは、彼女を襲う強迫観念だった。

ジャン＝ミシェルは、そんな状態をとても心配して、仕事に戻るようにと言って怒った。彼女の目を醒まさせようとしてやってみた方法のひとつだった。すばらしく効果のある方法で、その証拠に、彼女は頭を上げて「はい」と言った。小さい女の子がいたずらをしたあとで良い子になりますと約束するような感じで。実は、他に選択の余地はないと彼女には分かっていたのだ。続ける他ないのだと。そしてそれは、同僚が突然興奮したからでないことだけは確かだった。すべてが前と同じようにまた始まるのだ、それでひとは安心する、とシャルロットは思った。けれども、ほんとうは何ひとつ前と同じように始まったりはしないのだ。日々の進行のなかで、何かが容赦なく壊れてしまっているのだ。あの日曜日がいつもそこにあった。月曜日と木曜日にあの日曜日の片鱗があり、金曜日や火曜日にもあの日曜日の余韻があった。あの日曜日は終わることがなく、忌々しい永遠の様相を帯びて、未来のあらゆるところに影を落としていた。シャルロットは微笑みもしたし、シャルロットは食べもしたが、シャルロットの顔の上には影があった。その名前の一文字か二文字は薄闇に沈んでいた。彼女はひとつの観念に取り憑かれているようだった。

彼女はふいに尋ねた。

「私があの日届けるはずだった花……あれ、結局あんたが届けたの？」

「他のことで頭がいっぱいだったんだよ。すぐに君のところへ行こうと思ってさ」

「でも、あの男の人が電話してきたんじゃない？」

「ああ、そりゃもちろん。次の日に電話もらったよ。怒ってた。彼女が何にも受け取らなかったって」

「それで？」

「それで……おれはわけを話したよ……君が事故って、男が昏睡状態になってるって……」

「そしたらなんて言った？」

「よく分からない……謝ってた……それからなんかぶつぶつ言ってたけど……それはなんかの徴《しるし》だと思うとか。なにかとてもネガティブなこと」

「それって……あんた、そのひとが結婚を申し込まなかったってこと？」

「知らないよ」

シャルロットはこの話に衝撃を受けた。問題の男に電話してみることにした。そして彼の口からプロポーズを延期することにしたと聞いた。このニュースは彼女に深く食い入った。こんなことになってはいけなかったのだ。このことのせいで、色々な物事が次々に変わってしまうことを考えた。結婚は延期されるだろう。そしてたぶん無数の出来事がそのせいで変更されてしまうのでは？　たくさんの人生が違ったものになってしまうと思うと、彼女はうろたえた。もしそれらの人生を元通りにできたら、あれがなかったのと同じになる、と彼女は考えた。もし、それらの人生を元通りにできたら、私はまともな人生をもう一度始めることができるだろう、と。

彼女は店の奥に行って、同じ花束を用意した。それからタクシーに乗った。運転手は彼女に尋ねた。

「そのお花は結婚式のためですか？」

「いいえ」

22

「誕生日ですか？」

「いいえ」

「じゃあ、卒業式とか？」

「いいえ。これはただ、私がするはずだったことをするためなんです。私が人を一人轢いた日にね」

運転手は黙って道を走らせた。シャルロットは降りた。女性の玄関の靴拭きマットの上に花を置いた。彼女はちょっとの間、それを見つめていた。それから決心して花束からバラを何本か抜き取った。彼女はそれを持って立ち去り、別のタクシーに乗った。事故の日からずっと、フランソワの住所をなくさないで持っていた。ナタリーには会わないほうがよいと思っていたし、それはきっと正しい判断だった。自分が破壊してしまった人生に具体的に顔があるのを知ったら、立ち直りはもっともっと難しくなっただろう。しかし今は、内からの力に突き動かされていた。何も考えなかった。タクシーは走り、止まった。わずか数分の間に二度目だ。シャルロットは玄関先に立った。数本の白いバラを、ナタリーの家の扉の前に置いた。

ナタリーは扉を開いて、「今で良いのだろうか?」と自問した。フランソワが死んで三ヵ月だった。三ヵ月、それはあまりにも短い。まだ少しも良くなっているとは感じていなかった。彼女の体の上には、死の衛兵が疲れを知らずに行進していた。友人たちは、仕事をまた始めるようにと勧め、流されてはだめだと言った。辛い時間に耐え切れなくならないように、何かしているようにと。そんなことをしても何も変わらないと、彼女にはよく分かっていた。もしかしたらもっと悪いかもしれない。とくに夜、仕事から帰ったときに彼がいないのは。そして彼がそこにいることは二度とないのだ。「流される」とは、なんと変な表現だろう。何が起ころうと、人は流れに身を任せるのだ。人生は流されることで成り立っている。彼女にしてみれば、それがたったひとつ、望んでいたことだ。流されること。もう毎秒の重さを感じないこと。彼女は軽さをもう一度手にしたいと思った。それがどれほど耐えがたいものであろうと。

彼女は事前に電話をしようとしなかった。前触れなしに出社するほうがよかった。それは復帰を仰々しくしないためでもあった。ホールで、エレベーターで、廊下で、たくさんの同僚とすれ違い、みなが通りすがりに、自分なりにちょっとした優しさを示そうとした。言葉、仕草、微笑み、そしてときには沈黙。人の数だけやり方は違ったが、こうして誰もが控えめに支えてくれようとしていることに、彼女は深く心を動かされた。けれども同時に、今、ためらってしまうのもまた、こういう優しさゆえだった。自分はこういうものを得たいだろうか？　同情と気兼ねばかりのなかで生きることを望むのか？　戻るからには、大丈夫であるように振る舞わなければならなかった。人々の眼差しのなかに、結局は憐れみと紙一重の優しさを見るのは、彼女には我慢できないだろう。

社長室の扉の前で硬くなり、彼女はためらった。中に入ったら、ほんとうに復帰するのだと感じていた。最後に、心を決めて、ノックせずに入った。シャルルはラルースを読むのに没頭していた。それは彼の酔狂だった。毎朝、定義をひとつ読むのだった。

「いいかしら？　お邪魔じゃない？」と彼女は尋ねた。

彼は頭を上げ、驚いて彼女を見た。この世のものでないような気がした。喉が締め付けられた。感動で動けなくなるのではないかと思った。彼女が近づいて来た。

「定義を読んでいたの？」

「そうだよ」

「今日のは何？」

「"délicatesse（デリカシー）"って言葉。これ読んでるときに君が現れたのは分かるな」

「デリカシー、美しい言葉ね」

「君にここで会えてうれしい。やっと。来るだろうと思ってたよ」

それから沈黙があった。おかしなことだが、この二人にはいつも、互いに何を言ったらいいか分からなくなる瞬間があったのだ。そしてそんな場合、シャルルはいつもお茶を淹れようと言った。それは言葉を発するためのガソリンのようなものだった。それから彼は意気込んで続けた。

「スウェーデンの株主と話したんだ。いや、君は僕が少しスウェーデン語を話せるようになったのを知っているかな?」

「いいえ」

「そうだな……彼らは僕にスウェーデン語を勉強するようにと言ったんだ……まったくなんて運がいいんだろうね。実に、やっかいな言葉なんだ」

「……」

「でも、まあいいさ、やつらには恩義があるから。けっこう柔軟だし、それでも……あ、そうだ、言っておこうと思ってたんだ、というのは君のことを株主に話したんだ……それでみんな、了解してくれたんだよ、君の望むとおりにするってことで。復帰することにしたんなら、君に合ったリズムで、やりたいようにできるからね」

「ありがとう、ご親切に」

「親切でやってるだけじゃないんだ。君がいないと、みんなさびしくてね、ほんとに」

「……」

「僕がさびしいんだよ」

シャルルはこの言葉をナタリーを強く見つめながら言った。ひとをきまり悪くさせる、あまりに力をこめた眼差し。目のなかで、時が永遠化する。一秒、それは長広舌だ。ほんとうを言うと、彼はふたつのことを否定できなかった。ひとつめはずっと彼女に惹かれていたこと。ふたつめは彼女の夫が死んでから、余計に惹きつけられるようになったこと。このような心の傾きは自分からは認めにくいことだった。これは病的な惹かれ方か？　いや、必ずしもそうではない。彼女の顔だ。悲劇のために崇高な美しさを獲得したかのようだった。悲しみがナタリーのエロティシズムの可能性を高めたのだった。

23

ラルースによる《délicatesse》の定義

Délicatesse 女性名詞

1. デリケートであること。
2. 〈文語〉**Être en délicatesse avec quelqu'un :**
…との関係が険悪である。

24

ナタリーは自分のデスクについた。復帰の最初の朝から、彼女は恐ろしいものにぶちあたった。日めくりカレンダーだ。遠慮する気持ちから、誰も彼女のものに触らなかったのだ。悲劇の日の前で止まったままの日付を自分の机の上に発見することが、彼女にとってどれほど暴力的であるかを考えてみた者はいなかったのだ。夫の事故の二日前の日付。このページの上では、彼はまだ生きていた。彼女はカレンダーを手に取り、ページをめくり始めた。眼の下で日々が飛ぶように流れていった。フランソワが死んでから、一日一日が、測り知れないほど重いと思ってきた。それが今、たった何秒かで、日々をめくりながら、彼女はたどってきた道をはっきりと見て取ることができた。繰ったページすべてが終わり、彼女はその後に残った。そして今、それは今日なのだった。

そしてある日、日めくりがすっかり新しくなる時が来た。

ナタリーが仕事を再開して数カ月になっていた。彼女はやり過ぎだと思う者がいるくらい仕事に打ち込んだ。時はまた流れ始めたように見えた。すべてがまた始まった。お決まりの会議と、なんの重要性もない内容がただただ続いているみたいに番号が振られた馬鹿げた書類。馬鹿げたことの極みには、書類は人間よりも長生きする。そう、彼女が書類を保存しながら思ったのはそれだ。こんな紙切れの類が、多くの点で、われわれ人間よりも優れているのだ。書類は病気にもならず、老いもせず、事故にも遭わない。日曜日にジョギングに行って車に轢かれるなんていう書類はひとつもない。

25

ラルースによる《délicat》の定義。《délicatesse》だけではdélicatesseを理解するのに十分ではないので。

Délicat, ate

形容詞（語源　ラテン語**delicatus**）

1．非常に繊細な；快い、洗練された。**Un visage aux traits délicats.**（優美な顔立ち）　**Un parfum délicat.**（えも言われぬ微妙な芳香）

2．脆弱さを表す。**Santé délicate.**（虚弱な体）

3．困難な；危険な。**Situation, manœuvre délicate.**（困難な状況、操作）

4．思いやりのある、如才ない；**Un homme délicat.**（いつも気を配る人）　**Une attention délicate.**（細心の注意）

軽蔑語：　感情を抑えるのが難しい。
Faire le délicat.（わがままを言う）

26

ナタリーが戻ってきて以来、シャルルは機嫌が良かった。スウェーデン語のレッスンすら喜んでやった。二人の間にはなにか、信頼とか尊敬のようなものが醸し出されていた。ナタリーは自分にかくも親切な男の下で働く幸運を考えたのだ。しかし彼女は気づいていなかったわけではない。彼が自分に気があることは感じていた。多かれ少なかれ微妙なほのめかしを言うのを彼女は放っておいた。彼は決してやり過ぎることはなかった。乗り越えがたいと思える距離を彼女が置いていたからだ。彼女が調子を合わせることはなかった。きっぱりすっぱり、乗れなかったのだ。そんなことをするのは彼女の能力を超えていた。エネルギーはすべて仕事に注いだ。彼は彼女を数えきれないほど夕食に誘ったが、不毛な試みで、沈黙によってはねつけられた。そもそも彼女は、遊びに出ること自体ができなかった。男性とであればなおさらだ。そりゃ、そんなのはおかしいとは思った。日中はずっとちゃんとやる気力があり、重要でもない仕事に集中できるのだから、どうして休息の時間をとって悪いことがあるだろうか？　それはきっと、楽しむという概念に問題があったのだ。彼女はなんであれ、軽いことができないと感じていた。理由はない。できなかったのだ。そしてもう一度、それができるようになるかどうかも自信がなかった。

27

しかしこの晩は違った。彼女はとうとう承諾し、二人はいっしょに夕食に行くことになっていた。シャルルは逃れられない理由を出してきたのだ。彼女の昇進祝いだ。というのは、そう、彼女はすばらしい昇進を勝ちとり、今後は六人のグループを統率することになった。このキャリアアップは、彼女の能力からいって完全に正当なものだったけれども、彼女はそれでも同情されたからではないかと思った。最初は辞退しようと思ったが、昇進を辞退するというのは難しかった。その後では、シャルルが昇進祝いにあまりに熱心なのを見て、夕食に誘い出すという目的のためだけに昇進を早めたのではないかと思った。どちらもありえることだったが、ほんとうのところがどうなのかは考えても無駄だった。ただ、シャルルの言うとおり、これはきっとちょっと無理して外出する良い機会なのだと考えることにした。彼女はおそらく、もう一度、何も気にかけずタベを楽しめるようになりかけていたのだった。

シャルルにとって、このディナーは大いなる賭けだった。彼はこれがふたりの関係を決定すると知っていた。彼は少年期の初デートと同じように不安になって準備した。結局のところ、これはそれほど突飛な発想ではない。ナタリーのことを考えると、ほとんどこれから初めて女性と夕食に行くのだという気持ちになった。まるで彼女は、彼の女性関係のすべての思い出を消してしまう不思議な能力を持っているかのようだった。

シャルルはキャンドルを立てるようなレストランは避け、彼女が場違いだと思うようなロマンチックな雰囲気でびっくりさせないようにした。最初の数分は完璧だった。短い言葉を交わしながらワインを飲み、合間に沈黙が挟まってもちっとも気まずくはならなかった。彼女は来てよかったと思い、こうして飲むのを楽しんでいた。もっと早く出かけるようにすればよかった、やれば楽しい気分は後からついてくるんだもの、と思った。そして、酔ってもいいなとすら思った。けれども、何かが彼女を酔わせなかった。彼女はやはりどうしても、自分の条件から逃れられなかったのだ。飲みたいだけ飲むことはできたけれど、何も変わらなかっただろう。ただ、そこにいただけで、頭は完全にはっきりとしたまま、舞台にいる女優のように演技している自分を見ていたのだ。彼女は二つに分裂して、驚愕の眼差しで、今や自分がそうでなくなってしまった女、生きていて恋愛可能な女を眺めた。自分はそうなることができないことが、こういう時間を持ったことで、隅々まで、白日のもとに晒されてしまった。が、シャルルは何も気づかなかった。う

っとりしていた。ここ何ヵ月か、彼女のことをロシア的だと感じていた。それが意味していると

わべの、いい雰囲気に浸りきって、彼女に飲ませて少し近づきやすくしようとしていた。彼はうっとりしていた。ここ何ヵ月か、彼女のことをロシア的だと感じていた。それが意味しているところをちゃんと分かっていたわけではないが、それはこういうことだった。彼女にはロシア的な強さがあり、ロシア的な悲しみがある。ナタリーの女らしさはこうして、スイスからロシアに移ったのである。

「で……この昇進の理由は何なの？」と、彼女は尋ねた。

「君がいい仕事をしたからさ。そして僕が君をすばらしいと思ったから」

「それだけ？」

「なんでそんなことを訊くんだ？　それだけじゃないと思うのかい？」

「私が？　私が知るわけないでしょ」

「で、僕がこの手をここに置いたら、君は何も感じないのかな？」

彼はどうしてここまで思い切ったことができるのか分からなかった。今晩はどんなことでもできるような気がしていた。どうしてそこまで現実離れできたのだろう？　自分の手を彼女の手の上において、彼はすぐに、その手を彼女の膝の上に置いたときのことを思い出した。彼女は、あのときと同じ眼差しを返した。手を引っ込めるしかなかった。彼は壁を叩くこと、永遠に言葉にしないで生きることにうんざりしていた。物事をはっきりさせたいと思った。

「僕が好きじゃないんだね、そういうこと？」

「また、なんでそういうことを訊くの？」

「では君は、なんで質問するのかな？　どうして絶対に答えないんだ？」

「それはできないから……」

「君は前へ進もうと思わないかな？　僕はフランソワを忘れろと言っているわけじゃない……だけど君は一生、閉じこもっているわけにはいかないだろう……僕がどれほど君のためになりたいと思っているか……」

「……でも、あなたは結婚してるじゃないの……」

シャルルは彼女がこんなふうに妻のことを言い出すのに驚いた。頭がおかしいと思われるかもしれないが、彼は妻のことを忘れていたのだ。彼は妻でない女性と夕食をしている既婚男ではなかった。現在を生きるただの男だったのだ。そうだ、結婚していたとも。自分では「結婚静活」と呼んでいるものに陥っていた。妻との間にはもう何もなかった。だから、彼は驚いたのだった。ナタリーに惹かれていることにおいては深く誠実だったからだ。

「でも妻のことなんて、どうして君は彼女のことなんか問題にするんだ？　あれは影みたいなもんだよ！　すれ違ってるだけだ」

「そうは見えないけど」

「それは彼女が体面をとりつくろっているからさ。会社へくるときには格好つけてるだけだ。ああ、どれほど僕たちが惨めなものか、君が知っていたらな……」

「じゃあ、別れなさいよ」
「君のためだったら、すぐにも別れる」
「私のためじゃなくて……あなた自身のためによ」

空白の時間が流れた。息をする音とワインをすする音だけがした。ナタリーはシャルルがフランソワの名前を出したことに、そして今日のこの時間を、ここまで性急に、ここまで配慮なしに、野蛮な目的に向かって脱線させたことにショックを受けていた。彼女は帰りたいと、ついに声に出して言った。シャルルはやり過ぎたことがよく分かった。告白でこの夕べを台無しにしてしまったと。今はその時じゃないと、どうして見抜けなかったのだろう？　彼女はそんな用意ができていなかったのだ。もっと段階を踏んで、ゆっくりもっていかなければならなかったのだ。ところが彼ときたら、悶々と過ごした何年もをたったの二分で取り返そうと、大急ぎで狂ったように突進したのだ。すべてが、いい感じだった、この晩の始まりのせいだった。最初があまりにもうまくいきそうだったために、焦った男にありがちな自信過剰に陥ったのだ。

彼は気を取り直してこう思った。しかし結局のところ、感じていることを言ったって良かったのだ。心を開くことは罪ではない。それに、彼女に関わるとなんでも重くなってしまうというのもほんとうだ。寡婦という身分が物事をとても複雑にする。シャルルは、フランソワが死んでいなかったら、いつか彼女を誘惑できるチャンスがもっとあったのではないかと思った。死んでしまうことで、フランソワは彼らの愛を凍結してしまった。ふたりを永遠不変の高みに飛ばしてしまった。そんな条件の中で、どうやって女から、なにがしかのものを奪うことができるだろう？止まった世界に生きている女性。まったく、彼らの愛を永遠にするために、フランソワはわざと死んだんじゃないかと疑えるくらいだった。至高の情熱は必ず悲劇的に終わると、まじめに考える人もいるではないか。

28

彼らはレストランを出た。気まずさはどんどん大きくなっていた。シャルルはうまい言葉を思いつくことができなかった。なにかウィットとかユーモアのある、ちょっとばかり埋め合わせをしてくれる言葉。雰囲気をわずかでも和らげてくれる言葉。しかし、どうすることもできなかったので、彼らはどんよりしてしまった。何カ月も前からシャルルは如才なく気を使ってきた。彼女を尊重し誠意を持って接してきた。なのにここに来て、好感の持てる男になるために払われた努力のすべてが、欲望をコントロールできなかったために、おじゃんになってしまった。彼の体はいまや四肢を切り落とされた丸太で、手足の一本一本がそれぞれ自立した心臓を持っているようだった。彼はナタリーの頬にキスしようとした。フランクで友人らしい仕草であれかしと思ったが、彼の首は硬くなった。こういう息苦しい時間はまだしばらく続き、重々しい数秒がゆっくりと続いた。

それから、急に、ナタリーが彼ににっこり微笑んだ。彼女はこんなことはみんな大したことじゃないと示そうと思ったのだ。今晩のことは忘れてしまいましょう、それでおしまい。彼女は少し歩きたいと言って、そんな優しい調子で歩き始めた。シャルルは彼女の背を目で追った。彼は失敗に凝り固まって動けなかった。ナタリーはどんどん遠くなり、彼の視野の真ん中でどんどん小さくなっていったが、ほんとうは縮んでいくのは、その場で小さくなっていくのは、彼のほうだった。

そのとき、ナタリーが止まった。

そしてくるりと身を翻した。

彼女は再び彼に向かって歩いてきた。一瞬前、視野から消えていこうとした女が、こちらに戻って来るにつれて次第に大きくなった。どういうつもりだ？　喜んではいけない。きっと鍵を忘れたのだろう。あるいはスカーフか何か、女性が忘れるのが大好きなものがたくさんあるじゃないか。いや、違う、そうじゃない。それは彼女の歩き方で分かった。物質的な問題ではないことが感じられた。彼に話しに、何か言いに戻って来るのだ。彼女は一九六七年のイタリア映画のヒロインのように、軽く踊るような足取りで歩いて来た。彼もまた、彼女のほうへ進み出ようとした。そのロマンチックに脱線した思考のなかで、彼は雨が降り出すに違いないと思った。食事の終わりの沈黙は戸惑いでしかなかったのだ。彼女は話しに戻って来るだけじゃなくてキスしに戻って来るのだ。ほんとに驚くべきことだが、彼女が行ってしまったあのとき、彼は本能的に動くべきでないと感じたのだ。彼女が戻って来ると本能的に悟ったのじゃないか。なぜなら明らかに、ふたりの間には何か、本能的で、単純で強くて微妙なものがあるのだから。それに、そもそもの初めからそうだったのだ。もちろん、彼女を理解してやらなければならない。彼女にとっては簡単なことではないのだ。夫が死んだばかりだというのに、気持ちを告白するのは。そんなことは残酷とさえ言える。でも、どうして抵抗できよう？　恋というのは往々にしてインモラルなものだ。

彼女は今や、すぐそばにいた。熱っぽく神々しい、艶めかしい肉体を与えられた悲劇の女性像。彼の愛しいナタリーがそこにいた。

「さっきは答えなくてごめんなさい……言いづらくて……」

「うん、分かるよ」

「私の感じていること、言葉にするのはあんまり辛かったから」

「分かってるよ、ナタリー」

「でも、私、お返事できると思うの。あなたのことは愛せない。それに、あなたの誘惑の仕方も気持ちよくないんだと思う。私たちの間には、絶対に何もないって分かるの。もしかしたら、私は単にもう誰も愛せないのかもしれない。でも万一、いつか誰かを愛することがあったとしても、あなたでないことは分かっている」

「……」

「あのままでは帰れなかったの。言っておきたいと思った」

「言ったよ。君は言った。うん、そうだ、言ったよ。僕に聞こえたってことは、君が言ったからだ。君は言ったよ。うん、そうだ」

ナタリーはへどもど続けているシャルルをじっと見た。言葉は途絶えがちになり、次第に沈黙に呑み込まれていった。死んでいく人間の目のようだった。彼女はふっと優しい仕草をした。肩に手を触れたのだ。そして来たほうへ戻って行った。再び立ち去り、小さいナタリーになった。シャルルは立っていようと思ったが、そう簡単にはできなかった。ショックから立ち直れなかった。とりわけ彼女の声の調子だ。非常に率直で、意地悪さの影もなかった。彼は明白なことを悟らなければならなかった。自分は愛されていないし、これから愛されることもないだろう。怒りはまったく湧いてこなかった。それは何年もの間、彼に活力を与えていたものの速やかな終息だった。可能性の終焉。夕べはタイタニック号の航跡をたどった。お祭りのように始まり、座礁して終わる。真理とはしばしば氷山のように顕れる。ナタリーは相変わらず彼の目に映っていたが、彼は一刻も早くいなくなってほしいと思った。彼女が小さな点になっても、彼には途方もなく耐えがたいものに思われた。

29

シャルルはパーキングまで少し歩いた。車の中に入ると、煙草を一本吸った。彼の感じていたものは、どぎつい黄色いネオンと完全に波長が合っていた。彼はエンジンをかけ、ラジオをつけた。キャスターが、今晩は不思議にも引き分けの試合ばかりで、その結果、リーグ・アンの順位に変化はなかったと話していた。すべてがつながっていた。彼はフランス選手権のシーズン中最も弛んだ日に、負けた一クラブのようだった。彼は結婚していて、娘がひとりあって、大きな会社の社長だったが、途方もない空虚を感じていた。ナタリーという夢だけが、彼を生かす力があったのだ。そのすべてが今や終わった。潰え、崩壊し、粉砕されて。もっと同義語を連ねることもできただろうが、それで何かが変わるわけではなかった。それに愛する女に振られるよりももっと悪いことがあると思い至った。その女と毎日顔を合わせなければならないことだ。いつ何時なりとも、廊下で彼女と会ってしまうということ。彼が廊下と考えたのは偶然ではない。彼女は執務室にいるときも美しかったが、廊下にいるとき、色気が格段に増すと彼は思っていたからだ。そう、彼の頭のなかでは廊下の女なのだった。そして今、彼は理解したばかりだった。廊下の突き当たりまで行ったところで、Uターンしなければならないということを。

反対に、自宅へ帰るためには、Uターンしてはならなかった。シャルルの車は毎日通る道を走った。まるでメトロと言えるほど、変わりばえのしない道だった。車を停め、今度は自分の住むマンションのパーキングで煙草を吸った。家の扉を開くと、妻がテレビの前にいるのが見えた。このローランスがかつて一種の官能的情熱に突き動かされたことがあるなどと見抜けるものはいないだろう。彼女はゆっくりだが確実に、典型的な倦怠したブルジョワ女になりつつあった。不思議なことに、シャルルはそんな姿を気にとめなかった。彼はゆっくりとテレビのほうへ近づき、それを消した。妻はなにするのよとは言ったが、格別テレビに執着しているわけではなかった。彼は彼女に近づき、腕を強くつかんだ。彼女は何か言おうとしたが、口からはなんの音も洩れなかった。心の底では、こんなときが来るといいと思っていたのだ。夫が触れてくれたらと、彼女がまるでもう存在しないかのようにそばを通り過ぎるのをやめてくれたらと夢見ていた。彼らのカップル生活は、日々、互いを空気のようにやり過ごす鍛錬だった。言葉をひとつも交わさずに、ふたりは寝室へ向かった。きれいに整えたベッドが、すぐにくしゃくしゃになった。シャルルはローランスを仰向けにし、そのパンティを下ろした。ナタリーに撥ねつけられて、彼には妻を抱きたい欲望が芽生えたのだった。それも少し乱暴に。

30

シャルルがナタリーに決して愛されないと悟った晩の、リーグ・アンの結果

オクセール対マルセイユ――2－2

＊

レンス対リール――1－1

＊

トゥールーズ対ソショー――1－0

＊

パリ・サンジェルマン対ナント――1－1

＊

グルノーブル対ル・マン――3－3

＊

サンテチエンヌ対リヨン――0－0

＊

モナコ対ニース――0－0

＊

レンヌ対ボルドー――0－1

＊

ナンシー対カーン――1－1

＊

ロリアン対ル・アーヴル――2－2

31

この夕食のことがあってから、ふたりの関係はもう同じではなくなった。シャルルは距離を置いたし、ナタリーはそれを完全に理解した。彼らが言葉を交わすことはかなり稀になり、あっても仕事上のことに限られるようになった。それぞれが関わっている仕事は滅多に重ならなかった。昇進して以来、ナタリーは六人のグループを率いていた。[*1]部屋替えをしたら、気分はとても良くなった。なんでももっと早く思いつかなかったのかしら？　気分を変えるためには、部屋の模様替えさえすればよかったのでは？　引っ越しだって考えてもよかったのだ。しかし、考えてみてすぐに、そんな勇気はなかったと気がついた。近親者の死を悼む心の中には、ある矛盾する力、ある絶対的な力があり、変化の必然性に向かって人を突き動かすと同時に、過去に忠実であろうとする病的な誘惑に向かっても突き動かす。だから、未来に向かう努力は、職業生活の領分だけにしておくことにした。新しい執務室は建物の最上階にあり、空に届きそうで、彼女はぽっかりとした場所が怖くなくて良かったと思った。こういう喜びこそ、混じり気のない喜びだと彼女は思う。

それから猛烈に仕事欲に駆られる数ヵ月が続いた。もしかしたら新しい職務につくかもしれないから、スウェーデン語の講習を受けようかとまで思った。野心があったとは言えないだろう。彼女はただ仕事に没頭していたかったのだ。周囲は、過熱した仕事ぶりは鬱の一形態だと考え、心配し続けた。こういう理論に彼女は非常に不快になった。彼女にとっては、物事は単純だった。たくさん仕事がしたかったのは、何も考えないため、空白の中にいるためだったのだ。人はその人にできるやり方で闘うのだから、近しい人たちには、いいかげんな理論を組み立てるより、彼女の闘いを応援してもらいたかった。彼女は自分が達成していることにプライドがあった。週末も会社へ行き、自宅に仕事を持って帰り、就業時間の規定を忘れた。きっといつかは過労で倒れるときが来るだろうが、さしあたっては、このスウェーデン製のアドレナリンのおかげでしか、前に進めなかったのだ。

そのエネルギーには、みな、驚いた。彼女はもう、弱さの影も見せなかったので、同僚たちは、その身に起こったことを忘れ始めた。フランソワは他人にとって過去のものになり、おそらくはそうなることによって、彼女にとってもまた、過去のものになりうるのかもしれなかった。彼女はいつも会社にいたので、他人に必要とされるとき、いつでも対応できた。とりわけ、部下たちにとってそうだった。最近、ナタリーの部署に加わったクロエは最年少でもあった。クロエはとくにナタリーに打ち明け話をするのが好きで、彼氏とのことや、彼女がいつでも心配している、自分が恐ろしく独占欲が強いことをよく話した。自分でも馬鹿だと分かっているのだけれど、自制できなくて、理性的な行動ができないとか。こういう話を聞いていて、不思議なことが起こった。クロエの青臭い話を聞くことで、ナタリーが、失われた世界との接点を取り戻したのだ。彼女自身の若かったころ、自分にぴったりの男とめぐり会わないのではないかと恐れていたころ。

1　新しい職務に就いてから、彼女は新しい靴を三足買った。

クロエの言葉の中には、なにか身に覚えのあるものがあって、聞いているとそれが再び、形になっていくような気がしたのだった。

32

『ナタリー』のシナリオの抜粋

32　バーの中
ナタリーとクロエはバーに入る。
ふたりでこの場所に来るのは初めてではない。
ナタリーはクロエの後に続く。ふたりは窓際の一隅に座る。
外は雨のようだ。

クロエ　（とても自然に）どうですか？　ここでいい？
ナタリー　ええ、とってもいいわよ。

クロエはナタリーをしげしげと見る。

ナタリー　なんでそんなふうに見るの？

クロエ　私たちの関係がもっとバランスがとれてたらなと思って。もっとご自分のことを話してもらえたらって。そうでしょ、私たち、私のことしか話さないじゃないですか。

ナタリー　どんなことが知りたいの？

クロエ　ご主人、亡くなって、もうずいぶんになりますよね……で……で……、そういうこと話すの、嫌ですか？

ナタリーは驚いた様子。誰もこんなに率直にその話題を切り出すことはない。しばらくして、クロエが続ける。

クロエ　だって、ほんとに……ナタリーさんはまだ若くてきれいで……ほら、あそこにいるあの男性をごらんなさい。あたしたちがバーに入ってきてからずっとナタリーさんを見ているんですよ。

ナタリーは首をそちらに向けて、彼女を見ている男と目が合う。

クロエ　あの人、かなりイケてますよ。きっと、蠍座ですね。で、ナタリーさんは魚座だから、理想的。

ナタリー　私、あの人、今初めてちょっと見ただけよ。それであなたはもう、そんな予想を立てるの？

クロエ　あ、でも星占いは大事ですよ。あたしの、彼氏との問題、ずばり、言い当ててますからね。

ナタリー　じゃあ、どうしようもないってことにならない？　彼の星座を変えるわけにはいかないでしょう？

クロエ　だめです。あの馬鹿、いつまでたっても牡牛座ですよ。

ナタリーの無表情な顔のアップ。

33

ナタリーはこれは滑稽だと思った。こんなところで、こんな若い女の子とこんな話をしているなんて。それになにより、彼女はいまだに、今現在というものを生きることができなかったのだ。苦痛とは、もしかしたらこれなのかもしれない。いつもいつも、直接の現在に根付くことができないということ。彼女はそこにいる男女の大人の駆け引きを無関心に眺めていた。完全に「私はここにいない」と思うことができた。クロエは、現在というものの持つ軽やかな力で彼女に語りかけ、彼女を引きとめようと、「私はここにいる」と考えさせようとしていた。例の男のことを話すのをやめなかった。今まさに、その男はビールを飲み終え、彼女たちのほうへ来ようかどうしようか迷っているのが伝わってきた。しかし視線から会話に、目から言葉に移るのは決して簡単なことではない。一日の仕事を終えた後で、彼は疲れを癒したいところだった。そういう状態は、人に思い切ったことをさせることがある。びっくりするような大胆さの中心には、しばしば疲労があるのだ。彼はナタリーを注視し続けた。はっきり言って何を失うことがある？　何にも。見知らぬ男というものの持つ魅力をちょっとばかり失うかもしれないほかは。

彼は飲み物の勘定を払い、観察地点を離れた。彼は堂々としたと言ってもいいような足取りで進んできた。ナタリーは彼から数メートルのところにいた。三メートルか四メートル、それ以上ではない。この男は自分に会いにくるのだと分かった。たちまち不思議な考えにとらわれた。私に向かって来るこの男は、おそらく七年後に自動車にはねられて死ぬだろう。そう思った瞬間、動揺は避けられず、彼女の脆いところが出てきた。自分に声をかける男はみな、必ずフランソワとの出会いを思い出させるだろうと思った。とはいえ、この男は夫とは似ても似つかなかったのだが。彼はこういう夜らしい微笑み、複雑でない世界の微笑みをたたえて向かって来た。が、ひとたびテーブルの前に来ると、言葉が出なかった。一瞬が宙に浮いた。彼女たちに話しかけようと心を決めていたのだが、きっかけを作る言葉をまるで用意していなかったのだ。胸がいっぱいになってしまっただけだろうか？　女たちは驚いて、この固まってしまった男はクエスチョン・マークのようだと思った。

「こんばんは……あなたがたに一杯ごちそうしてもかまいませんか？」と、男はついに、なにも思いつかずにこう言った。

クロエが承諾した。それで彼は、道は半ばまで踏破されたように感じて、女たちのそばに座った。ひとたび彼が腰を下ろすと、ナタリーは思った。この人馬鹿だわ。私に一杯おごるって言うけど、私のグラスはまだいっぱいじゃないの。それからすぐに彼女は意見を変えた。声をかけようとしたときの彼のためらいはちょっと良かったなと思ったのだ。しかし再び反感が上になった。彼女は、矛盾する感情の間を行ったり来たりした。実はただ単に、どう考えたらよいか分からなかったのだ。彼女の振る舞いはひとつひとつ、意志とは反対になった。

クロエが会話を引き受けて、ナタリーに有利な話を積み重ね、彼女をよく見せようとした。それを聞いていると、ナタリーは、現代的で、頭が良く、ユーモアと教養があり、活発で、正確で、心がひろく、完全無欠なのだった。ものの五分もしないうちにここまで言われたので、男の頭には、たったひとつの疑問しか浮かばなかった。いったいどういう問題が隠されているのだろう？　クロエの話が盛り上がるごとに、ナタリーは頬骨をやわらかくして、信憑性を与えるような微笑を挟もうとした。そしてたまに声をあげて笑うときは自然だった。しかしそんなエネルギーを使っているうちに疲れてきた。人の目をひいてなんの役に立つのか？　力のありったけを、付き合いやすく感じよく思われるために使って、なんの役に立つのか？　この続きはどうなる？　別のデート？　だんだんと親しくなる必要？　急に、なんでもない軽いことがみな、黒い光に照らされて見えた。たわいない会話の下に、恋愛プロセスの怪物じみた歯車を察知したのだった。

彼女は「失礼」と言って、トイレに立った。鏡の前で、長いこと自分を見つめていた。自分の顔の細部のひとつひとつを見つめた。水をちょっと頬につけた。自分を美しいと思っただろうか？　いったい、自分自身について、自分のなかの女について、意見を持っていただろうか？　もう戻らなければならないだろう。もう数分もそこにいて、じっと自分を見つめたまま、物思いに耽っていた。席に戻ると、外套をとった。なにか口実を言いはしたが、ほんとうらしく見せる労はとらなかった。クロエはなにか言ったが、彼女は聞こうとしなかった。もう外だった。それからしばらく後のこと、男はベッドに横になりながら、自分は何かへまをやったのだろうかと自問した。

34

ナタリーの部下の星座

クロエ——天秤座

＊

ジャン＝ピエール——魚座

＊

アルベール——牡牛座

＊

マルキュス——蠍座

＊

マリー――乙女座
＊
ブノワ――山羊座

35

次の朝、ナタリーは詳しいことには触れず、クロエにすぐ謝った。職場では、彼女が上司なのだった。強い女だった。彼女は簡単に、今のところ、誰かと付き合うことはできないと感じたのだとだけ言った。「残念です」と若い同僚は小さな声で言った。それで終わりだった。さっさと他の事に移らなければ。こんな言葉を交わした後、しばらくナタリーは廊下に残っていた。それから執務室に戻った。すべての書類が、とうとう、彼女の目にそのほんとうの姿を現した。つまり、何の重要性も持たないという姿を。

ナタリーから色気が完全になくなったことは一度もなかった。死にたいと思ったときでさえも、彼女は女であることをほんとうにやめはしなかった。それはもしかしたらフランソワへのオマージュであったかもしれないし、あるいはただ、生きているように見せるためには化粧さえすればよいという考えからだったかもしれない。フランソワが死んで三年たっていた。ひとりの人間の生がぼろぼろ崩れて虚無の中に消えた三年。思い出を整理しなさいと、よく人に勧められた。それはもしかしたら、過去に生きることをやめる一番良い方法なのかもしれない。彼女はこの表現について考えてみた。「思い出を整理する」。思い出自体は整理できないけれど、品物に関しては、彼女はこの考えを受け入れた。フランソワが触れた物が身近にあることに、もう耐えられなかったのだ。だから、もう大した物は残っていなかった。職場の大きな引き出しに、しまいこまれたこの写真のほかには。まるで、なくなってしまったかのような一枚の写真。彼女はよく、この写真を眺めた。あたかも、このロマンスはちゃんと存在したのだと自分に言い聞かせるように。引き出しの中には、小さな鏡もあった。それを手にとって、自分の顔を、まるで彼女を初めて見る男がそうするように観察した。彼女は立って、歩き始め、手を腰に当てて、部屋の中で行ったり来たりした。カーペットが敷いてあったせいで、ハイヒールの踵が立てる音はしなかった。カーペットって、色っぽさを台無しにする。いったい誰がカーペットなんてものを発明したのかしら？

36

誰かが扉を叩いた。二本、それ以上多くの指は使っていない静かなノック。ナタリーは、まるでそれまでの何秒かの間、自分が世界でひとりきりだと思ってでもいたかのように飛び上がった。「どうぞ」と言うと、マルキュスが入って来た。マルキュスは同僚で、ウプサラという、興味を持つ人がほとんどいないスウェーデンの町の出身だった。ウプサラの住人[*1]ですら申し訳ないような気持ちになるのだ。彼らの町の名前は、ほとんどお詫びのように響いたから。スウェーデンは世界で一番、自殺率が高い。自殺の代わりにすることのひとつがフランスへの移住で、マルキュスもそれを考えたに違いない。彼の外見はどちらかというとブサイクだったが、醜いというわけでもなかった。彼はいつもちょっと変わった格好をしていた。着る服を、自分の爺さんのところから見つけてくるのか、エマウス（古着など生活用品を回収し、売った資金を福祉事業にあてる慈善活動）で見つけてくるのか、それとも流行の古着屋で買ってくるのか、よく分からなかったのだ。全体としては、かなりちぐはぐな格好になっていた。

「ファイル114についてお話しに来たんですが」と彼は言った。

1　確かに、人はウプサラに生まれてイングマール・ベルイマンになることもできる。しかしながら、彼の映画からはこの町の印象が想像できるともいえる。

変な格好をしている上に、言うことまでこんなにくだらないのか？　ナタリーは今日、まったく仕事をしたくなかった。それは実に実に久しぶりのことだった。彼女はほとんど絶望的な気持ちになった。つまり、ウプサラにだってバカンスに行けるような気持ちだ。彼女はじっとしているマルキュスをじろじろ見た。彼はうっとりして彼女を見ていた。彼にとってナタリーは、手の届かない女性というものを体現しており、それは自分より階級的に高いところ、自分に君臨する立場にある存在への妄想に裏打ちされていた。そのとき、彼女は彼のほうへ来ることにしたのか、ゆっくりと、ほんとうにゆっくりと歩いて来た。小説が一冊読めるくらいの時間があった。彼女は止まる気がないのか、もうマルキュスの顔のすぐ近くにいた。あまり近づいたので、ふたりの鼻が触れ合った。スウェーデン人はもう、息ができなかった。彼女はどうしたいというのだ？彼にはこの疑問をゆっくり考えている時間はなかった。というのは、彼女は彼に激しく接吻し始めたからだ。長い濃厚なキス、青春の強度を持つキス。ふいに、彼女は身を離した。

「ファイル114については、また後にしましょう」

彼女はドアを開け、マルキュスに出て行くようにうながした。彼にはなかなかそれができなかった。彼は月面のアームストロングだった。このキスは彼における人類の大いなる一歩だったのだ。彼は一瞬、執務室のドアの前で動かなくなった。ナタリーはと言えば、起こったことを、もう完全に忘れていた。彼女のしたことは、他の行為の連鎖とまったく関係がなかった。このキスは、彼女のニューロンの一瞬の乱れだった。こう呼ぶこともできたかもしれない。いわく、無償の行為。

37

カーペットの発明

誰がカーペットを発明したか知ることはできそうもない。ラルースによれば、カーペットは「メートル単位で売られる絨毯」とある。

カーペットが取るに足りないものだということがここに裏付けられている。

38

マルキュスは時間に正確な男で、家には七時十五分に帰ることにしていた。彼はＲＥＲ（首都圏高速交通網。主にパリ市内を通っているメトロと違って、パリの中心部とパリ郊外を結ぶ路線）の時刻表を、他の男だったら妻の好きな香水を知っているのと同じくらいよく知っていた。彼はこの順調に運行される日常に不満ではなかった。毎日すれ違う知らない人たちと友だちのような気がすることさえあった。今晩、彼は大声でみんなに自分のことを話したいくらいだった。ナタリーの唇が自分のに触れたことを。彼は立って、次の駅で降りたくなった。ただいつもの慣わしから逸脱してみたいばかりに。彼は気が狂ったらいいなと思った。それが狂っていない証拠だった。

自分の家へ歩いていく途中で、スウェーデンで過ごした子ども時代の情景を思い出した。それはかなり短いものだった。スウェーデンにおける子ども時代は、スイスにおける老年期に似ているのだ。しかしそんなことはどうでもいい。彼が思い出したのは、教室の一番後ろに座って、ただただ女の子たちの背中を眺めていたことだ。何年もの間、クリスティナや、ペルニラやジョアナや、他のたくさんのＡで終わる名前の少女たちのうなじを眺めて過ごしたが、Ａより先に進むことは絶対になかった。少女たちの顔立ちは思い出せなかった。彼は女の子たちを見つけ出したくなった。ナタリーにキスされたぞと言うために。君たちは僕の魅力に気づけなかったんだと言うために。ああ、人生はなんと甘やかなことか。

ひとたび自分の住む建物の前に来て、彼は戸惑った。覚えておかなければならない数字というのは山のようにある。携帯電話の番号、インターネットにアクセスするための番号、クレジットカード番号……だから、ある日、みんなごっちゃになってしまう日が来るのは仕方がない。自分の家のデジコードを間違えて、電話番号で家に入ろうとしたりする。マルキュスは、よく整理された頭をしていたから、そういう愚行とは自分は無縁だと思っていたが、ところが、それが今晩彼に起こったことだった。デジコードが思い出せない。いくつかの数字の配列を試してみたが全部駄目だった。どうして朝は完璧に覚えていたことを夜には忘れるなんてことが起こるのか？情報が多すぎると、いやおうなく記憶喪失になってしまうのだろうか？　最終的には同じ建物の他の住人が来て、扉の前に立った。この男はすぐに扉を開けることもできただろうに、この明らかに自分が優位に立っている瞬間を心ゆくまで味わってからにした。彼の眼差しの中には、デジコードを覚えているのは男の甲斐性であると言わんばかりのものがあった。男はようやくやるべきことをやると、大げさに「どうぞ、お先に」と言った。マルキュスは考えた。「この馬鹿、おまえがおれの頭にあることを知ってたらな。おれの頭にはあまりにも美しいものがあって、無駄なデータなんぞ消しちまうのさ……」階段を上ると、すぐにこんな不愉快な出来事は忘れてしまった。相変わらず身も心も浮き浮きし、頭の中でキスシーンを反芻していた。このシーンはすでに彼の記憶のなかでカルト映画になっていた。彼はとうとうアパルトマンの扉を開き、自分のリビングを目にしたが、それは彼の生きる意欲に比して、あまりにも小さく映った。

39

マルキュスの住む建物の扉を開けるためのデジコード

A9624

40

次の朝、彼はとても早く目覚めた。あまり早かったので、眠ったかどうかも定かでなかったくらいだ。彼は日が昇るのを、まるで大事な約束でもあるかのように、じりじりして待った。今日は何が起こるのだろうか？　ナタリーの態度はどんなだろうか？　そして、彼の方はどう振るまうべきなのか？　美人に何の説明もなしにキスされたときにどう行動したらいいかなんて誰が知ろう？　頭の中は次から次へと疑問に襲われ、そしてそれは決して良い兆候ではなかった。彼は

これはいつもと変わらぬただの一日なのだと自分に言い聞かせた。そして
ゆっくり息をして（……）そして（……）、ほら、こんなふうに（……）、よし（……）。

マルキュスは読書好きだった。これはナタリーとのうるわしい共通点だ。彼は読書欲を満たすのに、毎日のRERでの通勤時間を使っていた。最近新しく本をどっさり買ったところで、今日、この大事な日に持って歩く本を決めなければならなかった。彼の好きなロシア作家、なぜかは知らないがトルストイやドストエフスキーよりずっと読まれないロシア作家の本があったが、この本は分厚すぎた。彼は、気の向くまま、つっつけるような文章がいいと思った。集中できないことが分かっていたから。そこで彼が選んだのは、シオランの『苦渋の三段論法』だった。

職場に着くと、彼はできるだけ、コーヒーの自動販売機のそばで時間を過ごすようにした。それが自然に見えるように、彼は何杯もコーヒーを飲んだ。一時間もたつと、彼は少々興奮しすぎている感じがしてきた。ブラックコーヒーと眠れぬ夜、このブレンドは決して良い結果にならない。トイレに行って鏡を見ると、さえない顔をしていた。彼は仕事に戻った。今日はナタリーとの会議はひとつも予定されていない。もしかして、直接彼女に会いに行くべきだろうか？ ファイル114を口実に使って。けれど、ファイル114については何も言うことがなかった。それではただのアホだ。彼はこうやってやきもきしてばかりいるのに我慢できなくなった。結局のと

ころ、彼女が来るべきなんだ！　キスしたのは彼女のほうなのだ。わけも言わないでそんなことをする権利は誰にもない。なにか物をひったくって走って逃げるようなものだ。まさにそうじゃないか。彼の唇を奪って走って逃げたのだ。そう思いながらも、向こうから会いに来はしないということは分かっていた。もしかしたら彼女はあの瞬間を忘れてしまったのではないか？　彼女にとって無償の行為でしかなかったあの瞬間を。彼の本能は真実を言い当てていた。しかし彼は、そうだとしたら、恐ろしく不正だと感じていた。どうしてキスが、彼女にとっては理由もなんにもないなんてことがありえるのだ？　彼にとっては測り知れないほどの価値を持つというのに。そうだ、法外な価値だ。あの接吻は存在した。彼の内の隅々まで、彼の体中を動き回っていたのだ。

41

グスタフ・クリムトの絵、『接吻』の分析の抜粋

クリムトの作品のほとんどは、多くの解釈を生む。しかし、抱き合うカップルの主題がこの絵

以前に、『ベートーヴェン・フリーズ――歓喜・接吻』と『ストックレー・フリーズ――成熟（抱擁）』に使われていることから、『接吻』は、人間の幸福の追求の至高の達成を描いたと考えることができる。

42

マルキュスは集中できなかった。彼はわけを説明してもらいたいと思った。それにはひとつしか方法がない。たまたま出会ったかのような状況を作り出すことだ。ナタリーの執務室の前を行ったり来たりすること。必要があれば一日中だって。いつかは彼女が出てくるときがあるだろう。そうしたらパッと……彼が、まったく偶然に通りかかったという具合にそこにいる。午《ひる》になるころには、彼は汗まみれになっていた。彼は突然思った。「おれは今、見られた格好ではないぞ！」もし彼女が今出てきたら、汗をポタポタ垂らして、何もせず廊下を歩いて時間を浪費している男に出くわしたことだろう。彼は理由もなく歩いている人間だと思われただろう。

ランチ・タイムが終わると、朝、考えたことがもっと強力になって戻ってきた。作戦は良い、廊下の往復を続けるべきだ。ほかに方法はない。どこかに行くふりをして歩くのは、なんとも難しかった。行く先があって集中している風でなければならず、一番難しいのは、さも急いでいるように移動することだった。夕方になって、彼がへとへとになったころ、クロエとすれ違った。

クロエが彼に尋ねた。

「大丈夫？　あんた、様子が変よ……」

「うん、うん、大丈夫だよ。ちょっと脚の運動をしてるんだ。こうすると考えがまとまるんでね」

「あんた、まだ114やってるの？」

「うん」

「で、うまくいってる？」

「ああ、だいたいね」

「ね、あたしは108が問題ばっかりでね。ナタリーに話したかったんだけど、彼女、今日、いないのよ」

「あ、そう？　彼女……いないの？」とマルキュスは尋ねた。

「いないのよ……地方出張だと思うわ。じゃ、またね、これ、なんとかしちゃおうと思うから」

マルキュスは何の反応もできなかった。

あまりに歩いたので、彼も地方出張したかのようだった。

43

マルキュスがRERの中で読んだシオランの三つのアフォリスム

愛の技法とは?
吸血鬼気質にアネモネの慎み深さを継ぎ足せること。

＊

どの欲望の中でも、僧侶と肉屋が互いに闘っている。

＊

精子とは純粋状態にある強盗である。

44

翌日、マルキュスはまったく違った精神状態で会社に行った。なんであんな頭のいかれた行動をとったのか、もう分からなかった。ナタリーの執務室の前を往復するとは、なんと馬鹿げた思いつきであることか。あのキスには、大いに混乱させられたし、最近、彼が恋愛面で格別ご無沙汰だったこともあるが、だからといって、あれほど幼稚な行動をする理由にはならない。冷静さを保つべきだった。ナタリーに説明を求めたいのは変わらなかったが、もう偶然を装ってすれ違う機会を狙おうとは思わなかった。直接会いに行くつもりだった。

彼は力強く、執務室の扉を叩いた。彼女は「どうぞ」と言い、彼はたじろぐことなく入った。そのときだ、大きな問題にぶちあたったのは。彼女は美容院に行ったのだ。マルキュスは昔から、髪にとても敏感だった。そこに、この気を動転させる光景だ。ナタリーの髪が完璧なストレート・ヘアになっていた。その美しさは驚くほどだった。せめて彼女が、よくやるように、それを束ねていてくれたら、ことはもっと簡単だっただろう。けれどもこんな髪の毛を見せつけられては、彼は言葉を失ってしまった。

「それでマルキュス、御用は何？」

彼は心の漂流を打ち切った。結局、口から出たのは、最初に頭に浮かんだ言葉だった。

「あなたの髪、大好きです」

「それは、どうもありがとう」

「いや、ほんとに、すばらしいと思います」

ナタリーは朝っぱらからこんな告白をされてびっくりした。微笑んだらいいか、怒ったらいいか分からなかった。

「ええ、それで？」

「……」

「でも、髪の話をするためにわざわざ来たわけじゃないんでしょう？」

「いやそりゃもちろん……ちがいますけど……」

「それで？　何が言いたいの？」

「……」

「マルキュス、聞いてるの？」

「はい……」

「じゃあ、何よ？」

「どうして僕にキスしたんですか？」

キスの記憶がまざまざと蘇ってきた。どうして忘れていたのだろう？　すべての瞬間が再現され、彼女は嫌な気持ちがして顔がゆがむのを抑えられなかった。頭が変になっていたのかしら？

もう三年もずっと男を寄せつけなかった彼女が、誰か男性に興味を持つなどと考えることもできなかった彼女が、このサエない同僚にキスしてしまったとは。彼は返事を待っていて、それは当然だと彼女も思った。時間が過ぎていった。何か言わなければならない。

「分からない」と、ナタリーは小さな声で言った。

マルキュスが待っていたのは、たとえ拒絶でもいいから返事であって、どんなことがあってもこんな意味のない言葉ではなかった。

「分からない？」

「ええ、分からないの」

「僕をこんなままで放っておくんですか。答えてください」

でも、言えることは何もなかった。

あのキスは、現代アートのようなものだったのだ。

45

カジミール・マレーヴィチの絵のタイトル

白をバックにした白い正方形（一九一八年）

46

後になって彼女は考えた。あのキスはなぜだったのか？　理由はなかった。ひとは自分の内的生理的な時間をコントロールできない。近親者を失った悲しみにしても同じだ。彼女は死にたいと思い、呼吸をしてみようとし、呼吸することに成功し、それから食べられるようになり、仕事を再開することすらできるようになり、微笑むこと、強く、社交的で女性らしくあることもできるようになり、それからも、立ち直りに向かう力が不規則に働くなかで時は過ぎ、とうとう、あのバーに出かけた日まで来た。けれど、あのとき彼女は、恋愛の手順というものに我慢がならず、もう二度と男に興味を持つことなどないと確信して逃げ出したのだが、ところが翌日にはカーペットの上を歩き始めた。求める力がためらいのなかから飛び出して、彼女は自分の体を、そのボディラインとヒップを欲望の対象として感じ、ハイヒールの音が聞けないのを残念にさえ思った。それはまったく突然だったが、予告なしに訪れた、官能の誕生であり、ある輝く力の誕生だった。

そしてそのとき、マルキュスが室《へや》に入ってきたのだ。

他に何も言うことはなかった。われわれの体内時計は理性的ではないのだ。失恋したときもまったく同じで、いつ立ち直れるのかは分からない。苦痛の一番ひどいときには、傷はずっとふさがらないだろうと思う。それから、ある朝、その恐ろしい重みをもう感じていないことに驚く。苦痛が逃げ去ったことに気づく瞬間の、なんという驚き。どうしてその日なのか？　どうしてもっと遅くなく、あるいはもっと早くないのか？　それはわれわれの体が勝手に決める。あのキスを誘発した力に、マルキュスが具体的な説明を求めたのは間違いだ。彼はちょうどよいときに現れたのだ。だいたい、ほとんどのロマンスは、単にタイミングが良かったことに尽きる。人生において多くのことに失敗したマルキュスだが、理想的な瞬間にひとりの女性の視野に入るという才能が、表に現れたばかりだった。

ナタリーはマルキュスの目に苦悩を読み取った。最後の言葉を交わした後、彼はゆっくりと出て行った。音もなく。八百ページに及ぶ小説のなかの、句点のひとつみたいに。あのままにしてしまってはいけないと思った。あんなふうに振る舞ったことがひどく気にかかった。それに同僚としてすばらしいし、誰もが敬意を抱いている人だと思うと、彼を傷つけたのではないかと考えて嫌な気持ちがするのにますます拍車がかかった。そこで彼を呼びつけた。彼はファイル１１４

を脇に抱えた。万一、呼ばれたのが、仕事の用件であった場合に備えて。しかし彼はファイル１１４など、まったくどうでもよかった。こうして呼ばれて出かけていく途中で、彼はトイレに寄って、ちょっと顔をリフレッシュした。彼は扉を開け、彼女が何を言うかとうかがった。

「わざわざ足を運ばせてごめんなさい」

「いや、なんでもありません」

「謝りたいと思って。さっきはどうお返事したらいいか分からなかったんです。ほんとうのことを言うと今も、さっきより分かっているわけじゃないんだけど……」

「……」

「どういうはずみでしてしまったことか、分からないんです。おそらくなにか体が求めていたんだと思うけれども……でも、私たち、いっしょに仕事しているのだし、まったくどうかしていたと言わなければなりません」

「そういう話し方はアメリカ人みたいですよね。そういうときって、ろくなことがないんだ」

彼女は笑い出した。なんと珍妙な返答だろう。この二人が仕事以外のことで話をするのは、これが初めてだった。彼がどういう人間なのか、ほんのちょっと垣間見た気がした。彼女は言葉を続けた。

「私は六人の部下を持つ上司として話しています。あなたは、私が夢想に耽っていたときに現れて、私はとっさに現実に戻ることができなかったんです」

「でも、その瞬間が、僕には人生で一番現実だったんです」と、マルキュスは大して考えもせずに抵抗した。それは彼の心から出た言葉だった。

ことはそう簡単には行かないようだ、とナタリーは思った。この会話は切り上げたほうがいい。そこで彼女は急いでそうした。少々、乱暴に。マルキュスには事態がよく呑み込めなかったようだった。室《へや》の中にじっとしたまま、出て行こうにもその力がなかった。ほんとうのことを言うと、十分前に彼女に呼び出されたとき、彼はもしかしたらまたキスしたいんじゃないかと想像したのだった。そんな夢想を抱いてやって来て、今、決定的に、ふたりのあいだには何も起こらないということを理解したところだったのだ。何かあるなんて思ったのは馬鹿だった。彼女がキスしたのは、まったく理由のないことだったのだ。それは受け入れがたいことだった。幸福を与えられたかと思うと、すぐに取り上げられたようなものだ。ナタリーの唇の味を知らなければよかったと心から思った。あんな瞬間を知らなければよかったのにと思った。なぜなら、あの数秒から立ち直るのに何カ月もが必要だと感じたから。

彼は扉のほうへ進んだ。ナタリーは、マルキュスの目に涙が一滴たまるのに気づいて驚いた。まだこぼれないけれども、廊下に出るのを待って頬を伝うだろう一滴の涙。マルキュスはそれをこらえようとしていた。なにがあってもナタリーの前で泣くわけにはいかない。そんな馬鹿なこと。けれどこの涙は予測できないものだった。
彼が女性の前で泣いたのは、これが三回目だった。

47

あるポーランド人哲学者の考え

悪いときに出会うすばらしい人たちがいる。
そして、良いときに出会うからこそすばらしい人たちがいる。

48

涙を通して見たマルキュスの恋愛遍歴

まず最初にここで、母や学校の女の先生の前で流した幼年期の涙は除外することにしよう。問題となるのは、恋愛に関わる理由でマルキュスが流した涙のみである。そういうことにすると、ナタリーの前でこらえようとしたこの涙以前に、彼はすでに二回、泣いている。

最初の涙を流したのは、彼のスウェーデン時代にさかのぼり、ブリジットという優しい名前がよく似合う少女の前でだった。この名前はあまりスウェーデン的ではないが、ブリジット・バルドーに国境はない。ブリジットの父は、この神話的女性に生涯、妄想を抱いており、自分の娘にこう名づける以上の名案はないと思ったのである。自分のエロティックな夢へのオマージュとして自分の娘にその名を与えることの心理的な危険に関しては割愛しよう。ブリジットの家族の物語は、われわれにとって重要ではない。そうではないか？

ブリジットは曖昧なところがないという、女性としては不思議なタイプだった。どんなことが問題になっていても、微塵も場当たり的な意見を口にしないでいられた。彼女の美しさも同じだった。毎朝、顔に栄光をたたえて目覚めた。完璧な自信を持って、男性教師たちを動揺させようと、いつも最前列に座り、ときおり、彼女の明らかな魅力を使って地政学の争点をそらさせた。彼女が教室に入って来ると、すぐに男たちは彼女を恋するようになり、女たちは本能から彼女を嫌った。あまりにみんなの妄想の対象になったので、とうとう彼女は嫌気がさしてしまった。そこで、熱くなった人々の気持ちを冷ますため、名案を思いついた。男の子たちの中で一番サエない男と付き合うというのだ。こうすれば、男たちは恐れをなすし、女たちは安心する。マルキュスは、なぜ世界の中心が彼に関心を持ったのか理解できないまま、幸福な選ばれたる者となった。それはあたかもアメリカがリヒテンシュタインを昼食に招くようなものだった。彼女は彼に一連の褒め言葉をかけ、よく彼を見ていると告白したのだ。

「でも、どうやって君が僕を見るのさ？　僕はいつも教室の一番後ろにいるんだよ。君はいつも一番前にいるじゃないか」

「あたしのうなじがみんな語ってくれるのよ。あたし、うなじに目があるの」と、ブリジットは言った。

この対話で、ふたりは仲良くなった。

ふたりの仲は噂になった。夕方になって学校が終わると、みんなの茫然とした眼差しのもと、ふたりはいっしょに帰った。当時、マルキュスはまだ自分の個性について鋭い意識は持っていなかった。あまり外見に恵まれていないことは分かっていたが、美人といっしょにいるのがそれほど超常現象に見えるとは思っていなかった。昔からずっと、「女は男ほど表面的ではなく、男ほど外見にこだわらない。大切なのはいつでも、教養があってユーモアがあることだ」と聞いていた。そこで彼は色々なことを勉強して、気の利いたことが言えるように心がけ、実のところ、ある程度、成功していた。だから、自分があばた面だということは、ある種の魅力と言い得るものの陰に隠れて、ほとんど見えなくなっていたのである。

しかし、この魅力はセックスが問題になったとたんに砕け散った。ブリジットはきっとずいぶん努力したに違いない。が、彼がそのすばらしい胸に触れようとした日、彼女は自分の手をコントロールできず、その五本の指はマルキュスのびっくりした頰の上に落ちたのだった。彼は鏡に自分の顔を見に戻り、白い肌の上に赤い痕を発見して当惑した。彼はこの赤い痕を永遠に忘れないだろう。そしてこの色を見るたびに「拒絶」を思い出すことになるだろう。ブリジットは謝ろうとして、衝動的にやってしまったのだと言った。が、マルキュスは言葉が言わないことを理解した。なにか動物的で本能的なもの。つまり、彼女は嫌悪感を覚えたということなのだ。彼は彼女を見つめ、そして泣き出した。ひとの肉体はそれぞれのやり方でものを言う。

これが、彼が女性の前で泣いた、最初だった。

彼はスウェーデン製の大学入学資格を手にすると、フランスに行こうと決めた。女たちがブリジットたちでない国に。初めて女の子と付き合って傷つき、防衛本能が発達していた。彼はたぶん、性愛とは平行に進んで決して交わらない道を歩もうとしていた。苦しむのが、異性に関心を持たれず、しかもその理由が納得できてしまうのが怖かった。彼は傷つきやすかったが、傷つきやすさがどれほど女心を動かしうるかを知らなかった。孤独な都市生活を三年続けた後、愛を見つけるのに絶望して、彼はお見合いパーティに一回、参加してみようと決意した。というわけで、七人の女性と七分ずつ話すことになった。限りなく短い時間だ。彼のような人間は、少なくとも一世紀なければ、異性を代表して出てくる誰かに、人生の狭い道を彼についてきてくれるよう説得することはできないと確信している。ところが不思議なことが起こった。最初に会った娘と、互いに好感を持ち合ったのだ。その娘の名はアリスといって[*1]、薬局で働いており[*2]、そこでときどき美容セミナーを開いていた[*3]。ほんとうのことを言うと、そんな複雑な話ではない。ふたりともお見合いパーティーのシステムにあまりに気詰まりな思いをしていたので、ふたりでいるとリラックスできたのだ。だからふたりの出会いはたいへん自然なもので、何度もデートを重ねて、七分を長く引き伸ばして会った。それは何日もになり、それから何カ月にもなった。

1　アリスという名で、この手のパーティーに男を探しに来るというのは不思議だ。一般にアリスたちは男とごく簡単に出会う。
2　アリスという名で、薬局に勤めているというのは不思議だ。一般にアリスたちは書店か旅行代理店で働いているものだ。
3　ここに至っては、次のような疑問が湧く。この娘は本当にアリスという名なのだろうか？

けれど、ふたりのロマンスは一年を超えなかった。マルキュスはアリスが大好きだったが、愛してはいなかったのだ。そしてとりわけ、彼女を十分に、欲しいと思っていなかった。これは残酷なバランス関係だった。珍しく良い人にめぐり会ったのに、彼はその人に恋をしなかったのだ。われわれは常に、うまくいかないように運命づけられているのだろうか？　付き合った数週間のあいだ、彼はカップル関係の経験というものを積んだ。自分の力と愛される能力を発見したのだ。そうだ、アリスは彼に夢中になった。母の愛しか知らない（いや、それも怪しいくらいの）者にとっては不安になるほどだった。マルキュスにはなにかとても優しい、心を動かすものがあった。安心させる力とほろりとさせるような弱さのミックス。そして実は、やはり同じ弱さから、彼は避けがたいことを先送りしたのだった。つまりアリスと別れること。けれどある朝、彼はそれをやった。女の子の苦しみは彼に特別に深い傷を残した。もしかしたら自分自身の苦しみよりも大きな傷。彼は我慢できずに泣いたが、決めたことは正しいと知っていた。ふたりの心のあいだの大きな溝をさらに深く抉るよりも孤独のほうを選んだのだ。

これが彼が女性の前で泣いた二回目だ。

あれから二年になるが、彼の人生には何も起こらなかった。アリスのことを後悔することはあった。とくに、またお見合いパーティに行ってみて、がっかりさせられたとき、もっとはっきり言えば屈辱的な思いをしたときはそうだった。幾人かの女は彼と話をしようという努力すらしなかったのだ。だから、彼はもう行かないことにした。もしかしたら、恋人を見つけようという考え自体をすっぱり諦めたのか？　彼はそんなことに何の重要性も感じなくさえなった。結局のところ、恋人のいない人間なんて何百万もいるのだ。女なしでも生きられる。けれども彼がそう思ったのは、自分を慰めるためで、こんな境遇がどれほど辛いものかを考えないことにするためだった。彼はあまりにも女性の肉体を夢見、それが金輪際、彼には禁じられているのだと思うとときどき死にそうになった。美しいものへのビザが、自分にはずっと下りないのだと思うと。

そこへ突然、ナタリーが来て、口づけしたのだ。明らかに彼の性的妄想の源泉である上司が。その後で、彼女はあれは存在しなかったと言った。では、そういうことだ。なかったことにしなければならないのだ。それは結局のところ、そんなに大したことではなかった。けれど、彼は泣いた。そう、涙が目からこぼれ落ちてきて、自分でも深く驚いたのだった。「予想外」の涙。自分はそこまで傷つきやすかったのか？　いや、そうではない。こんなのよりもっとずっと辛い状況にだって何度も耐えてきた。涙が出たのは、まさに、あのキスに、特別に心動かされたからだ。もちろんナタリーが美人だったからということはある、が、しかしあのキスの狂おしさのせいでもあった。誰も予告もなくあんなふうに彼にキスしたことはなかった。その魔力は彼を涙が出るほど感動させたのだった。そして今、それは失望の苦い涙になった。

49

その日は金曜で、夕方、会社を出るときには、これから週末でよかったと彼は思った。土曜日と日曜日を二枚の厚い毛布のように、その中にもぐりこんで過ごそう。何もしたくない、本を読む元気さえなかった。それで、テレビの前に座った。彼が稀に見るスペクタクル、フランス社会党の第一書記選挙に立ち会ったのはこういういきさつだった。決戦投票で、ふたりの女性が対立していた。マルティーヌ・オブリーとセゴレーヌ・ロワイヤルだ。それまで彼は、一度もまともにフランス政治に関心を持ったことはなかった。しかしこの事件は面白かった。面白いばかりでなく、この事件は、彼に啓示を与えたのだった。

金曜日から土曜日にかけての夜、選挙の結果は下った。が、誰もほんとうには誰が勝ったのか言えなかった。明け方、マルティーヌ・オブリーがとうとう、たった四十二票のリードで勝利宣言をした。マルキュスはこの僅差に驚いた。セゴレーヌ・ロワイヤルの支持者たちはスキャンダルだと叫んでいた。「われわれの勝利を奪わせないぞ！」すごいフレーズだと、マルキュスは思った。こうやって、負けた者がまだ闘い続け、スコアに異議を唱えている。土曜日の情報から、彼らにも言い分があった。選挙違反やミスがあったというのだ。差はどんどん縮んだ。この事件に完璧に没頭して、マルキュスはマルティーヌ・オブリーの宣言を聞いた。彼女は社会党の新第一書記だと名乗っていたが、それはそれほど単純なことではなかった。同じ日の晩には、セゴレーヌ・ロワイヤルが、テレビのニュース・スタジオで、自分も第一書記だと告げた。二人とも勝ったというのだ！　マルキュスは二人の女性の揺るがぬ態度に敬服した。わけても二人目は、負けたにもかかわらず、究極の、もっと言ってよければ超自然的な意欲をもって闘い続けている。彼は、この二匹の政治的野獣の猛々しさの中に、自分にないものを見た。そして、この土曜日の晩、社会党員の悲喜劇的な闘いの中に我を忘れて、彼は自分もまた闘うことを決意したのだった。ナタリーとのことをこのままにはしておかない。すべては失われたのだと、何も期待することはできないのだと彼女が言っても、信じ続ける。いかなる代償を払っても、おれは自分の人生の第一書記になるのだ。

最初に決めたことは簡単だった。相互性をもたせること。彼女がひとの意見も聞かず唇を奪うなら、彼のほうもなんで同じことをして悪いことがあるものか。月曜の朝、一番早く、彼女に会いに行き、唇のお返しをしてやるのだ。そのために、彼は確固たる足取りで彼女のほうへ向かう（これがこの計画の最も難しい部分だった。彼は確固たる足取りで歩くことが得意だったためしがなかった)、そして彼女を強引につかまえる(これがこの計画のもうひとつの難しい部分だった。彼はどんなことであっても、いくらかでも強引にやることにまったく長けていなかったのだ)。別の言葉で言えば、攻撃はちょいとややこしいと予想された。しかし彼の前には、まだ準備のための日曜日がまるまる一日あった。社会党員たちの長い日曜日が。

50

四十二票リードされたときの、セゴレーヌ・ロワイヤルの言葉

あなたは貪欲ね、マルティーヌ、私の勝利を認めたくないのね。

51

マルキュスはナタリーの執務室のドアの前に立っていた。今やもう行動する時だ。だがそう思えば思うほど、まったく動けなくなってしまった。同じ課の同僚、ブノワが通りかかった。

「や、なにやってんだい？」

「あー、その、ナタリーと約束があるんだ」

「で、ドアの前に突っ立ってると、会えるのか？」

「いや……約束は十時なんだ……今まだ九時五十九分だろ……知ってるだろう、おれ決められた時間より早く着くの、好きじゃないんだ……」

同僚は遠ざかった。一九九二年四月、郊外の劇場で、サミュエル・ベケットの芝居を観た日にかなり似た状態で。


マルキュスは今や行動しなければならなかった。彼はナタリーの執務室に入った。彼女は書類（もしかしたら114）に没頭していたが、彼が入ると、すぐに頭を上げた。彼は確固たる足取りで彼女のほうへ進み出た。が、何事も決して簡単にはいかない。ナタリーに近づくと歩みは緩くなった。心臓の鼓動はますます激しくなり、労働組合がわんちゃかやっているみたいになった。ナタリーは何が起こるのだろうと思った。有り体に言うと、恐れのようなものを感じていた。しかし、彼女はマルキュスがまったくの善人だということも知っていた。何をしようというの？なんで動かないの？　彼の体はデータが多すぎてバグを起こしたコンピューターだった。彼の場合は感情的なデータだったが。彼女は席を立って、尋ねた。

「どうしたんですか、マルキュス？」

「……」

「大丈夫？」

彼はとうとう、やりに来たことに意識を集中した。彼はすばやく彼女を抱きかかえると、自分でも思わなかったほどのエネルギーで彼女に口づけした。彼女には反応する時間がなかった。彼はすでに室《へや》から消えていた。

52

マルキュスは、この変てこな唇泥棒のシーンを残して去った。ナタリーは、再び仕事に集中しようとしたが、とうとう決心して、彼を捜しに行った。何か、いわく言いがたいものを感じていた。ほんとうのことを言って、誰かにあんなふうにつかまれたのは、壊れやすいもののように扱われなかったのは、この三年来、初めてだった。そう、驚くべきことだが、彼女はあの、ほとんど野蛮な強引さが走り抜けた、閃光のような出来事に心乱されたのだ。彼女は会社の廊下を歩き、すれ違う社員の誰彼となく、マルキュスがどこにいるかと訊いてまわった。誰も知らなかった。彼は自分の室《へや》に戻っていなかった。彼女が屋上のことを思いついたのはそのときだ。この季節には、とても寒いので誰も行かない。そこにいるに違いないと思った。勘は正しかった。彼は縁のところに、静かに佇んでいた。唇が小さく動いた。おそらく息を吐いたのだ。煙を吐いたと言えたかもしれない。が、タバコはなかった。ナタリーは静かに彼に近づいた。「私もときどきここに逃げて来るのよ。息をつきにね」と彼女は言った。

マルキュスは彼女が突然現れたので驚いた。あんなことをした後で、彼女が追って来ようとは、まさか思わなかったのだ。

「風邪を引きますよ。それに僕はあなたに勧めるコートも持ってないし」と、彼は答えた。

「だったら、ふたりとも風邪を引きましょうよ。そうすれば、少なくとも私たちの間に差がない状態になりますからね」

「それは悪意のある言い方ですね」

「悪意じゃないわ。それに、私がしたことも悪意ではないのよ……ともかく、私は犯罪を犯したわけじゃないですからね！」

「そんなことを言うんじゃあ、あなたはエロティシズムってものがなんにも分かってないんですね。勝手にキスしておいて、後は何もなし。そんなのはもちろん犯罪ですよ。乾いた心の王国では、あなたは有罪宣告を受けてますよ」

「乾いた心の王国？　……あなた、いつもはそんな話し方しないわよね」

「そりゃ当然、ファイル114について話してたんじゃ、詩的表現なんてしませんよ」

＊

寒さで彼らは顔色が変わっていた。そして不平等が増進していた。マルキュスは軽く青くなっていて、もっと言ってもよければ生気がなくなっていたのだが、一方ナタリーの青ざめ方は、神経衰弱の姫君のようだったのである。

＊

「戻ったほうがいいんじゃないかしら」と、ナタリーは言った。

「ええ……で、何をするんですか？」

「なにを……もうやめてちょうだい。何もすることはないわよ。私は謝りました。あなただって、あんなことから小説じみたものを作るつもりはないでしょう？」

「どこがいけないかな？　僕は、その物語を読んでみてもいいですけど」

「もうやめましょう。ここであなたと話していると、自分がいったい何をしているのか分からないわ」

「分かりました、やめましょう。でも夕食の後でね」

「なんですって?」

「いっしょに夕食をしましょう。そしたら、もうこの話はしないって約束しますよ」

「だめよ」

「あなたは僕に借りがあるんですよ……夕食だけ」

こういう言葉を口に出せる驚くべき能力のある人間がいる。相手に否定的な答えをさせない能力だ。ナタリーはマルキュスの声の中に、彼の信念を感じた。彼女は承諾するのは間違いだと知っていた。遅すぎないうちに、今、引き返さなければならないと知っていた。だが、彼を前にすると、断ることができなかった。それに彼女はひどく寒かったのだ。

53

ファイル114についての具体的情報

これは、一九六七年十一月から一九七四年十月にかけての、農村地帯における貿易収支の推移のフランスとスウェーデン間の比較分析である。

54

マルキュスは家に帰り、衣装簞笥の前で堂々めぐりしていた。ナタリーと食事に行くなんていうときには何を着たらよいのか？　彼は一張羅を着ようと思った。しかし、この数字は彼女には小さすぎる。少なくとも八張羅くらい身につけたいものだ。あるいは四十七張羅、いや百十二張羅だ。マルキュスは、数字で気を紛らして本質的な問題を忘れようとした。ネクタイをつけるべきだろうか？　アドバイスをくれる人はいなかった。彼は世界にひとりきり、そして世界とはナタリーだった。いつもは何を着たいかがはっきりしていた彼なのに、地に足がつかなくなってしまって、靴を選ぶこともできなかった。夜の外出のために服を選ぶ習慣だって、実はもうなくなっていたのだ。それに事態はやはり微妙だった。ナタリーは彼の上司でもあったから、それもプレッシャーになった。とうとう、外見は必ずしも一番大事ではないと自分に言い聞かせることで、彼は落ち着きを取り戻した。大事なのは、なによりも、リラックスしていろいろな話題について気の置けない話をすることだ。とりわけ、仕事の話をしてはいけない。ファイル114の話は絶対にタブーだ。夜なのに午後のようになってしまってはいけない。でも、じゃあ何を話すんだ？　環境というものは、そんなに簡単に変えられるものじゃない。ベジタリアンの集まりに出かけていった二人の肉屋みたいなことになるだろう。いや、こんなことは馬鹿げている。一番いいのは中止することだ。まだ間に合う。不可抗力ってことで。そう、申し訳ない、ナタリー。とてもお会いしたいんですが、その、つまり、今日、ママンが死んだんです。こりゃだめだ。ちょっと強烈すぎる。それにあまりにもカミュだ。キャンセルにカミュを使うのはだめだ。サルトル、そのほうがずっといい。今晩はだめなんです。お分かりいただけると思いますが、地獄、それは他者のことなんです。声にちょっと実存主義っぽいトーンを持たせて。これはうまくいきそうだ。取り留めのないことを考えながら彼は、ナタリーも土壇場になってキャンセルする口実を探しているに違いないと思った。しかし今のところ、何も連絡はなかった。約束は一時間後で、メッセージは何もなし。彼女も口実を探している、それはきっとそうだ。それとも、電話のバッテリーが切れてしまって、行かれなくなったと連絡できなくなってしまったのか。彼はこうやってまだしばらくぐずぐずしていたが、連絡がなかったので、宇宙飛行にでも行くような気持ちで家を出た。

55

マルキュスはナタリーの家から遠くない、イタリアン・レストランを選んだ。夕食をOKしてくれただけでも親切なのだから、彼女に遠くまで足を運ばせたくはなかったのだ。早めに着いたので、向かいのビストロでウォッカを二杯注文した。そうやって景気づけをし、ちょっとばかり酔っ払いたいと思った。アルコールは何の効果ももたらさず、彼はレストランに向かった。だから、時間通りに来たナタリーを発見したとき、彼は完全に素面《しらふ》の状態だった。たちまち、酔っ払っていなくてよかったと思った。彼女が現れるのを目にする悦びを酩酊で台無しにしてしまってはいけない。彼女は彼のほうへ歩いて来た……かくも美しく……いたるところに「……」をつけるような美しさ……それから彼は、夜の彼女を見たことはなかったことを思い出した。こんな時間に彼女が存在していることにほとんど驚かんばかりだった。彼は、美は夜の間は箱にしまわれていると考えるようなタイプだったに違いない。でもそれは違うと認めなければならない。なぜなら彼女はそこにいたから。今や、彼の目の前に。

彼は挨拶するために立ち上がった。彼がこんなに背が高いとは、ナタリーも初めて気がついた。というのも、会社のカーペットは背を小さく見せるのだ。外に出れば、誰でももっと大きく見える。彼女は長いこと、彼が初めて大きく見えたこのときの印象を忘れないだろう。

「来てくださってありがとう」と、マルキュスは言わずにいられなかった。

「どういたしまして……」

「いえ……ほんとです。あなたがどんなにたくさん仕事しているか知っているし……とくに今は……ファイル114のことがあるし……」

彼女は彼を一瞥した。

彼は決まり悪くなって笑い始めた。

「仕事の話はしないようにしようって思っていたんですけど……あーあ、馬鹿みたいだな……」

今度はナタリーが笑う番だった。フランソワが亡くなって以来初めて、彼女は誰かを安心させなければならない立場に立った。それで彼女は居心地がよくなった。マルキュスのぎこちないところには何か心を動かすものがあった。彼女はシャルルとした夕食、シャルルの自信たっぷりな様子を思い出し、今のほうが気楽だと感じた。自分が立候補していない選挙で勝ったかどうか確かめる政治家のような感じで接してくる男と夕食すること。

「仕事の話はしないほうがいいわね」と彼女は言った。

「じゃあ、何を話しましょうか？　何が好きかとか？　話を始めるのに何が好きかって訊くのはいいですよね」

「ええ……でも、話すことを、こんなふうに考えるのってちょっと変ね」

「話題を探すのは良い話題だと思いますけど」

彼女はこの言葉も、彼がそれを発音した仕方も気に入った。彼女は続けた。

「あなたって、実は面白いのね」

「ありがとう。見かけはそんなに暗そうなんですか?」

「ええ、ちょっとね……」と、彼女はにっこりしながら言った。

「好きなものの話に戻りましょう。そのほうがいい」

「そうねえ。でもね、私はもう自分が何が好きかとか好きじゃないかとかあまり考えないのよ」

「質問してもいいですか?」

「いいわよ」

「あなたには昔を懐かしむ癖がありますか?」

「いいえ、ないと思うわ」

「それは、ナタリーって名前にしては珍しいですね」

「あ、そう?」

「そうですよ。ナタリーって名前の人は明らかにノスタルジーを覚える傾向があるんです」

もう一度、彼女はにっこりした。微笑むなんてことはもう滅多にしなくなっていたのに。けれど、この男の言葉は意表をつくことが多かったのだ。何を言うか絶対分からない。この男の言葉は福引の玉みたいに頭の中でくるくる回って転がり出てくるんじゃないかと彼女は思った。ほかにも彼女についての理論があるのだろうか? ノスタルジー。彼女はまじめに自分とノスタルジーの関係を考えてみた。マルキュスが言ったことのせいで、突然、過去へと押しやられた。本能的に、彼女は自分が八歳だった夏のことを考えた。両親とアメリカに行って、西海岸の広大な空間を縦横に走った夢のような二カ月。あの夏休みの思い出は、あのとき夢中になっていたものと切り離せない。それはPEZ《ペッツ》、キャラクターの頭のついた四角い筒の中に入ったキャンディ。頭を押すと、キャンディをひとつ差し出す。このオモチャは、あのひと夏と強く結びついた。その後一度も、あれを見かけたことがない。ナタリーがちょうどこの思い出を話していたとき、給仕が現れた。

「お決まりになりましたか？」

「ええ、アスパラガスのリゾットをお願いします。それからデザートには……PEZ」とマルキュスは言った。

「何ですって？」

「PEZ」

「その、PEZとやらはございません……」

「それは残念」と、マルキュスが結んだ。

給仕は少々気を悪くして立ち去った。彼の体の中では、プロ意識とユーモアのセンスは平行する二本の直線のようなものだったのだ。彼はあのような女性がこのような男と何をしているのか理解できなかった。きっと、男は映画のプロデューサーで、女は女優なのだ。あんなに変てこで妙ちきりんな男と食事するには、きっと仕事上の理由があるのだ。それにあの「金《ページ》」の話はなんだ？　ああいうふうに金のことをほのめかすというのは、まったく気に入らない。給仕を貶《おとし》めることに時間を使っているこの種の客はよく知ってるんだ。そうそうしたいようにさせておくものか。

56

ナタリーはこの晩は楽しくなりそうだと思った。マルキュスは彼女を楽しませたのだ。

「ねえ、この三年で、私が外出するのはこれがたったの二回目なのよ」

「これ以上、僕にプレッシャーをかけたいんですか？」

「そんなことないわよ。これでいいわよ」

「それはよかった。楽しい晩を過ごせるようにと思って。でないとまた冬眠しちゃうでしょう」

　ふたりの間はとても率直だった。ナタリーは居心地よく感じていた。マルキュスは友だちでもなく恋愛関係を考えるような相手でもなかった。彼は心地のよいひとつの世界、彼女の過去と一切の関係のないひとつの世界だった。苦痛のない晩のすべての条件がとうとう揃ったのだった。

アスパラガスのリゾットのために必要な材料

米　アルボリオまたは丸い米　200g
アスパラガス　500g
松の実　100g
たまねぎ　1個
白ワイン（辛口）　200cc
生クリーム　100cc
パルメザン・チーズ（おろしたもの）　80g
胡桃オイル
塩
胡椒

＊

パルメザンのチュイル用

パルメザン・チーズ（おろしたもの）80g
松の実　50g
小麦粉　大匙2杯
水　少々

57

マルキュスは今までもナタリーのことをよく見ていた。彼女がカーペットに届くようなスーツ姿で廊下を歩くのを見るのが好きだった。しかし現実の姿は、妄想の中の彼女とは違うことが分かってきた。マルキュスもみんなと同様、ナタリーに起こった事件のことは知っていた。なのに、自信に満ち、安心感を与える女性という、彼女が他人に見せている姿しか見ていなかった。普段現れないような場所に忽然と現れた彼女に会って、この女《ひと》の弱さに触れた思いがした。とても微かではあったけれど、チラッときらめく光のように、彼女はガードを緩めたのだ。リラックスすればするほど、ほんとうの彼女が透けて見えてきた。矛盾するようだが、その弱さ、苦しみからくる弱さは、彼女が微笑むたびに表れた。バランスを取るためにマルキュスは、彼女を守ってやるような、強者の役割を演じ始めた。彼女を前にしていると、自分が愉快で闊達で、男らしくさえあるような気がしてきた。彼はこの瞬間のエネルギーで、全人生を生きられたらいいと思った。「リードする男」をうまく演じながらも、無失点というわけにはいかなかった。二本目のワインを頼むときに、ワインの名前がよく分からなかったのだ。知ったかぶりをしたところ、給仕はここぞとばかり彼の無知をばらす皮肉を言った。ちょっとした個人的な復讐だった。深く傷ついたマルキュスは、給仕がワインを持ってきたとき、ついに決心してこう言った。

「ああ、ありがとう。喉が渇いてたんだ。あなたの健康のために乾杯しましょう」

「それはどうもご親切に」

「いや、親切じゃないんです。スウェーデンには〝誰でもいつでも場所を変えることができる〟っていう諺がありましてね、つまり何事も変わりうるものだっていう意味です。立っているあなたが、座る日もあるってこと。よかったら今、僕が立ちますから、僕の代わりに座ってみませんか?」

マルキュスはさっと立ってしまったので、給仕はどうしていいか分からなかった。困ったような笑いを浮かべて、彼はワインのボトルを置いた。ナタリーはマルキュスがなんでそんなことをするのか、ちゃんとは分かっていなかったが、笑い始めた。彼女は、突然こんな珍妙なことになったのが面白かったのだ。給仕に自分の席を明け渡すのは、もしかして、給仕に自分の立場をわきまえさせる、一番良い方法だったかもしれない。ナタリーはこのやり方を評価して、詩的だと思った。マルキュスにはちょっと「東側の国」の人間のようなところがあって、それはとてもチャーミングだと思った。彼のスウェーデンの中にある、なにかルーマニアやポーランドのようなもの。

「あなた、ほんとうにスウェーデン人なの？」とナタリーは尋ねた。

「よくぞ、訊いてくれました。僕の出身を疑ったのはあなたが初めてなんです……ほんとにすばらしい人だな」

「スウェーデン人でいるって、そんなに辛いことなの？」

「想像できないと思いますよ。国に帰ると、みんなが、僕がいると盛り上がるって言うんだ。分かります？　僕が盛り上げ役だっていうの」

「そうね」

「あそこじゃ、暗いってのが天性なんですよ」

その晩はそんなふうに、相手を発見する瞬間と、そのことを心地よく思う瞬間が交互に訪れながら続いていった。彼女は早く帰るつもりだったのだが、すでに十二時を回っていた。周りでは、人々が立ち去っていった。給仕は彼らにそろそろ帰るべき時間だとあからさまに分からせようとした。マルキュスはトイレに行くと言って立ち、会計をすませた。それを、とても優雅にやってのけたのだった。ひとたび外に出ると、彼は彼女をタクシーで送ろうと申し出た。細かい気配りだった。彼女のアパルトマンの前で、彼は彼女の肩に手を置き、頬にキスした。その瞬間、彼は、すでに知っていたことを思い知った。自分がこの女性に夢中になっているということ。ナタリーはこの男は心配りのひとつひとつが細やかだと思った。いっしょに過ごした時間に心から満足していた。彼女は他のことを考えられなかった。ベッドに横になって、お礼のメールを送った。そして明かりを消した。

58

ふたりの最初の夕食の後、ナタリーがマルキュスに送ったメール

素敵な晩をどうもありがとう。

59

マルキュスは、ただ「素敵な晩にしてくれてありがとう」と返信した。もっと独創的で、面白くて、感動させる、ロマンチックな、文学的な、ロシア的な、藤色をしたような返事をしたかったのだが、最後には、これが今の場合にふさわしいトーンだと思ったのだ。ベッドに入ったが、眠れないことは分かっていた。どうして夢のほうへ行けるだろう。たった今、夢と分かれてきたばかりだというのに。

彼はとうとう少し眠れたが、心配で目が覚めてしまった。デートがうまくいくと、うれしくて変になるものだ。それから頭がはっきりしてくると、だんだんその先のことを考えてしまう。もしうまくいかなかったなら、少なくとも先ははっきりしている。もう会わないだけのことだ。でも、うまくいってしまったら、どう行動したらよいのだろう？　夕食の間に獲得した自信や確信は夜の内に散ってしまった。目なんか決して閉じてはいけないのだ。この感覚はすぐに行動に表れた。朝、早い時間に、ナタリーとマルキュスは廊下ですれ違った。ひとりはコーヒー自販機に向かう途中、もうひとりはそこから戻る途中だった。ぎこちない微笑みを交わした後、少々オーバーな「おはよう」を言うと、ふたりともそれ以上、なにか話題にたどりつきそうな話を思いつくことができず、何も言えなくなってしまった。何も、まったく何も。雲とかお日様とかの天気の話さえもできず、改善の望みはなかった。ふたりは気まずさを残したまま分かれた。ふたりは何も言うことがなかったのだ。こういうのを「事後の恒星的空虚」と呼ぶ人もある。

自分のデスクに戻って、マルキュスは落ち着こうとした。いつでも完璧というわけにいかないのは、まったく当たり前のことなのだ。人生というのは、とりもなおさず、殴り書きや削除線や空白の時間なのだ。シェークスピアは人物たちが強烈な瞬間にあるときだけを描いた。けれど、ロメオとジュリエットだって、ふたりの美しい夜の翌朝、廊下でばったり出会ったら、何も言うことが見つからなかったに違いない。だからそんなことは気にしなくていい。むしろ、未来に集中すべきだ。それこそが大事。彼はうまく切り抜けたと言えるだろう。すぐにデートのプランに没頭し、色々な夜の提案を考えた。それをみんな大きな紙に書きつけたので、攻撃の作戦計画のようだった。彼の小さなデスクの上に、ファイル114はもうなかった。ファイル・ナタリーが、ファイル114を掻き消してしまったのだ。彼は誰に打ち明け、相談したらいいか分からなかった。もちろん、仲良くしている同僚はいた。とくにベルティエとはときどき個人的な話もしたし、内心を打ち明けることもあった。けれど、ナタリーのこととなると、ここの人間に話すのは問題外だった。彼の不安な気持ちは、誰にも漏らさず、壁に塗り込めておかねばならない。話さないことは、できる。ただ、心臓があまりに激しく打って、音をたてないかが心配だった。

インターネットで、あらゆるサイトを検索してみた。ロマンチックな夕べやミニ・クルージング（しかし寒かった）、あるいは芝居（しかし室内は暑いことが多い——それに彼は芝居が大嫌いだった）。何も心惹かれるものが見つからなかった。あまり大げさなのも嫌だったし、あまりに何気なさすぎるのも嫌だった。別の言い方をするならば、彼女がどんなことをしたいかも、何を考えているのかも、まるで見当がつかなかったのだ。もし分かったとしたら、もう会いたいと思っていないのかもしれない。彼女は、一回、彼と食事をするのを承諾しただけだ。それでおしまいなのかもしれない。彼女はその一回が心地よく過ぎるようにしただけ。そしてすべては終わったのだ。希望は、約束した時間だけのものだったのだ。しかしそれでも、彼女は素敵な晩をありがとうと言ったじゃないか。そうだ、彼女は「素敵な」という言葉を使ったのだ。マルキュスはこの言葉を思い出して気持ちを取り直した。それは意味のない言葉じゃない。「素敵な晩」。「楽しい晩」とだって書けたはずだのに、彼女は「素敵な」と書くほうを選んだのだ。この「素敵な」は素敵だ。まったく、なんて素敵な晩だったことか。長いドレスと馬車の行き交った大時代を思わせるじゃないか……「しかしいったいおれは何を考えているんだ？」と、マルキュスは突然、取り乱した。行動するべきで、夢想に耽るのはやめなければ。そう、この「素敵」は確かに素敵だが、そんなことは何の得にもならなかった。いまや前に進まなければ、継続しなければならないのだ。やれやれ、彼は絶望した。何のアイディアも浮かばない。昨日の自由闊達ぶりは一晩だけのものだった。幻想だ。彼はとりえのない男という彼の情けない境遇に戻り、ナタリーとの二度目のデートの計画をまるで思いつけないのだった。

ノックの音がした。

マルキュスは「どうぞ」と言った。入ってきたのは、彼と素敵な晩を過ごしたと書いたその人だった。そう、ナタリーがそこに、まさしく本物だった。

「いい？　お邪魔じゃないかしら？　とても集中していたみたいだけれど」

「ええ、いや、いや、大丈夫ですよ」

「明日、芝居にいっしょに来てくださらないかしらと思って……切符が二枚あるの……それで……」

「芝居は大好きなんですよ。よろこんで」

「それはよかったわ。じゃ、明日の晩ね」

彼もまた「明日の晩に」と小さな声で言ったが、遅すぎた。答えは宙に浮いてしまい、落ち着く先であるはずの耳はもうそこになかった。マルキュスを形作っている分子のひとつひとつが強烈な幸福を感じていた。そして、このエクスタシーの王国の中心で、心臓が体中で喜びに跳ねていた。

おかしなことだが、この幸福のせいで彼は深刻になった。メトロのなかで、車両の中の人たちをひとりひとり観察して、この人たちはみんな日常に凝り固まってしまっていると思い、そして自分のことを、その誰彼と変わらぬ人間とはもう感じなかった。彼はずっと立っていて、いまだかつてなく、女たちへの愛を感じていた。自宅に帰り着くと、いつもやっているとおりのことを次々にやった。しかし、夕飯はほとんど食べたいと思わなかった。彼はベッドに横になり、読書しようとして何ページか繰った。それから明かりを消した。ところが、ほら、やはり眠れなかった。ナタリーに最初にキスされてから、ほとんど眠っていない。あのひとは彼の睡眠を切断してしまったのだ。

60

グロンサンの効能

肉体疲労時の栄養補給

61

一日は何事もなく過ぎた。課のミーティングもあったが、まったくいつもと変わらず、誰もその晩、ナタリーがマルキュスと芝居に行くだろうなどとは想像しなかった。それはむしろ快感だった。会社員というのは秘密を持ったり、関係を隠したり、誰にも知られないように恋をしたりするのが大好きだ。それが社内恋愛の醍醐味なのだ。ナタリーには物事を分ける能力があった。あまりに辛いことを経験したために、彼女はどこか感覚が麻痺していたのだ。つまり彼女は、昼間のあとには夜が来るということをほとんど忘れて、ミーティングをロボットのように仕切った。マルキュスはナタリーの目の中に特別な関心、共犯関係の徴を見たいと思ったが、彼女の機械のような動きのなかに、そんなものが入る余地はなかった。

それはキャップと彼女の間にある特権的な関係に他の人間が気がつくといいと常々思っていたクロエも同じだった。「親しい」と言っていい時間をナタリーと過ごすことができたのは彼女だけだった。ナタリーが逃げ出した日以来、クロエは、いっしょに外出しようと働きかけてはいなかった。こうした時間が孕みうる危険な部分に気がついたのだ。上司の弱さを目にすることは自分にはね返ってくるかもしれない。だから彼女は物事をごっちゃにせず、上下関係を完璧に守るよう注意していた。その日の終わりに、クロエはナタリーに会いに行った。

「お元気ですか？　あれ以来、あまりお話ししていませんけど」

「ああ、あれは私が悪かったわ、クロエ。でも楽しかったわ、ほんとよ」

「え、そうですか？　風のようにいなくなってしまったけれど、楽しかったんでしょうか？」

「ええ、安心してちょうだい」

「なら、良かったんですけど……今晩、また行きましょうか？」

「あ、今晩はごめんなさい、行けないわ。芝居に行くことになってるから」と、ナタリーは緑色の子どもが生まれたとでも告げるように言った。


クロエは驚いている様子を見られたくなかったが、驚くだけのことはあった。今聞いたことがどれほどの大事件かなどということは本人には言わないほうがいい。何でもないようなふりをしよう。自分の室《へや》に戻ると、彼女はしばらくの間、残って、やりかけの仕事を片付け、メール・チェックをし、それから外套を引っかけて帰りかけた。エレベーターに向かう途中で、彼女は信じられない光景に出くわした。マルキュスとナタリーがいっしょに出て行くところだった。彼女は二人から見られないようにして近づいた。「劇場」という言葉を耳にしたように思った。それを聞くと、たちまち、なにか曰く言いがたいものを感じた。気まずさのようなもの、いや、嫌悪感とさえ言えるかもしれないものを。

62

劇場の座席というのはずいぶんと狭いものだ。マルキュスは率直に言って居心地が悪かった。彼は脚が長いのを後悔したが、それはまったく不毛な後悔[1]だった。そのうえ、もうひとつ別のことがあって、彼の受けている拷問はさらに酷いものになった。死ぬほど眺めていたい女性の、隣に座っているより悪いことはない。観るべきものは彼の左にあるのであって、舞台の上にあるのではなかった。それに、彼はいったい何を見ていたというのだろう？　舞台は彼にはそんなに面白くなかった。だいいち、スウェーデンの芝居だった！　彼女はわざとそうしたのだろうか？　おまけに、ウプサラで勉強した作家だ。そんなら実家に夕食にでも行ったほうがまだましだ。彼は筋書きもなにも分からないほど、ぼんやりしていた。きっと、後で芝居の感想を語り合うことになるだろう。そうしたら馬鹿だと思われる。どうしてそのことを忘れていられたんだろう？　集中して、なにか妥当な感想を用意しなければ。

1　短い脚のレンタルというのは存在しない。

上演が終わったときには、彼はそれでも大きな感動を覚えていたのでびっくりした。もしかしたらスウェーデンの血のせいかもしれない。ナタリーもうれしそうだった。しかし劇場では、苦行から解放されたというだけの理由でうれしそうだったりすることも多いのだから判断は難しい。ひとたび外に出ると、マルキュスは第三場の間に積み上げた理論を展開しようとした。が、ナタリーは、「ちょっとリラックスしたほうがいいと思うの」と、話を遮った。

マルキュスは自分の脚をほぐすことを考えたが、ナタリーは「一杯飲みに行きましょう」と続けた。

では、リラックスとは、そういうことだったのだ。

63

ナタリーとマルキュスが二回目のデートで見た芝居、
ボリス・ヴィアンの翻訳による
アウグスト・ストリンドベリ作

『令嬢ジュリー』より抜粋

令嬢　私があなたに従うとでも？

ジャン　一度だけ。あなたのためではないですか！　お願いですよ！　夜も更けてきた。眠りは人を酔わせ、頭は熱くなってくる！

64

なにか決定的なことがそのとき起こった。ごく小さなことが大きな重要性を持つことがある。すべてがまったく最初の晩のときと同じになった。魔法の力が働いたばかりでなく、もっと効いてきたくらいだった。マルキュスは優雅にやってのけた。できる限りスウェーデン的でない微笑、ほとんどスペイン的と言っていいような微笑を浮かべた。いくつか面白い話をつなげ、文化的教養と自分なりのコメントを巧みに配分し、内面と普遍的なことを上手につないで語った。彼はこういう社交上手な男の仕事をみごとにこなしていた。しかし、余裕しゃくしゃくでいたときに、突然、順調な進行を掻き乱すような動揺が彼を襲った。メランコリーの出現を感じたのだ。

最初は、ノスタルジーの影のような、ほんの小さなシミだった。いや、違う、近づいてみるとそれは、メランコリーの薄紫色をしているのが分かった。そしてもっと近づくと、そのほんとうの性質が、一種の悲しみであるのが見えた。一瞬にして、病的で悲痛な感情に押し流されて、彼はこの夜のデートのむなしさに直面した。彼は自問した。いったいなぜ、おれはいいところを見せようとしているのだろう？　なぜこの女を笑わせようとしているのだろう？　なんで、この女の心を奪おうと必死になっているのだろう。おれには決して手に入れることができない女なのに？　自信のない男という過去が、狂おしく彼を捉えた。しかもそれだけではなかった。こうして始まってしまった退行に、続く決定的な事件が悲劇的な追い討ちをかけた。赤ワインのグラスをテーブルクロスの上にひっくり返してしまったのだ。そんなことはただちょっと手がすべっただけと思ってもよかった。むしろチャーミングでさえあったかもしれない。ナタリーはもともと不器用さには魅力を感じるほうだった。けれどもこの瞬間、彼はもうナタリーのことを考えていなかった。なんでもない出来事に、もっとずっと深い意味を見て取ってしまっていた。赤い色の出現である。彼の人生に未来永劫、侵入してくる赤い色。

「大したことじゃないわ」とナタリーはマルキュスの動転した顔に気づいて言った。

もちろん、大したことなんかじゃない、大したことじゃなくて、悲劇的なことだったのだ。赤い色は彼にブリジットを思い出させた。世界中の女たちが彼を拒否するという構図を。彼の耳には、せせら笑いが響いていた。過去の嫌な場面がみな、内に蘇ってきた。校庭でいじめられた子どもだったこと、兵役で新米いじめをされたこと、騙されてぶったくられたツーリストだったこと。そう、これが白いテーブルクロスの上の赤いシミの広がりが語っていることだ。世界中が彼をじろじろ眺め、通ると後ろでこそこそ噂しているような気がした。彼は完全にサイズが合わなくなってしまった色男の衣装の中であっぷあっぷしていた。このパラノイア的な漂流をやめさせることができるものはなかった。メランコリーはこの漂流の前兆、そして取りつく島のように思えるのは過去。この瞬間、現在はもう存在していなかった。ナタリーは影、女性世界の亡霊でしかなかった。

マルキュスは立ち上がり、しばらく、何も言わなかった。ナタリーは彼を見たが、何を言い出すのかまったく分からなかった。面白いことを言うのかしら？ それとも暗いことを言うのかしら？ ついに彼は口を開き、落ち着いた調子でこう告げた。

「僕は帰ったほうがいいと思います」

「どうして？ ワインのせい？ でも……そんなこと、誰にでもあることよ」

「いや……そうじゃない……ただ……」

「ただ何？ 私といると退屈なの？」

「そんなことはない……もちろんそんなことはありません……死んだって、あなたは僕を退屈させたりすることはできないでしょう……」

「じゃあ、何？」

「なんでもありません。ただ、あなたが好きなんです。ほんとに好きなんだ」

「……」

「僕がただひとつ、したいのは、もう一度あなたにキスすることです……でも、あなたが僕を好きになるなんて、僕には一瞬も考えられません……だから、一番いいのはもう会わないことだ……僕はきっと辛いだろうけど、でもその辛さのほうがましなんです、そう言ってかまわないなら……」

「あなたは、ずっとそんなふうに考えていたの？」

「だって、どうやって考えないでいられるんですか？　どうやって、あなたと面と向かっていて、ただそこにいるだけなんてことができるんですか？　あなたはそれができるんですか、あなたは？」

「私と面と向かうってこと？」

「分かってらっしゃる。僕の言ってること、馬鹿げてますよ。僕は帰ったほうがいいんです」

「私はここにいてほしいけど」

「何をするために？」

65

「知らないけど」

「あなたは僕と何をしてるんですか、ここで？」

「知らないわ。分かってるのは、いっしょにいて楽しいってことよ。あなたは素朴だし……思いやりがあるし……私に気を使ってくれるし。そして私はそれが必要だってことが分かったのよ。そういうこと」

「それだけ？」

「それだけでも大したものじゃない？」

マルキュスは立ったままだった。ナタリーは自分も立ち上がった。ふたりはしばらくそうして、何をするとも定まらないままじっとしていた。周りの人々が彼らのほうを振り向いた。立っているのに動かないというのは、どちらかというと珍しい。鍾乳石のように空から落ちる男たちを描いたマグリットの絵が思い浮かぶかもしれない。そんなわけで、彼らの態度には、いくぶん、ベルギーの絵のようなところがあった。そしてもちろん、それは安定感のある構図ではなかった。

マルキュスはナタリーを置き去りにしてカフェを出た。時はあまりに完璧になりすぎて、彼は逃げ出したのだった。ナタリーには彼の態度が理解できなかった。楽しい晩を過ごしたのに、今になって、彼に腹を立てていた。マルキュスは自分でも知らずに、実は見事に行動していた。ナタリーの目を醒ましたのだ。彼のせいで、ナタリーは自問してみなければならなくなった。あの人はキスしたいのだと言った。では、結局そういうことでしかないのか？　自分はそんなことがしたいのか？　いや、そうは思わなかった。彼のことは特別……でもそんなことはほんとうのところ重要ではない……別にいいじゃないの……彼にはなにかいいところがあると思ったのだ……それに面白いし……じゃあなぜ、彼は行ってしまったのか？　馬鹿。もう、みんな台無しになってしまって。ナタリーは深く不愉快になっていた……何よ、馬鹿、そうよ、なんて馬鹿なのよ、考え続けている彼女を、カフェの他の客が見ていた。なんでもない男に置き去りにされた飛び切りの美人を。ナタリーは人々の視線も理解できなかった。彼女は、状況をコントロールできなかったこと、彼を引きとめられもせず、理解もできなかったことに苛立ったたまじっと動かずそこにいた。彼女は自分を責めるべきではなかった。彼女には何もできなかっただろう。彼の目に、彼女は欲望をそそりすぎて、そばに留まっていることができなかったのだ。

家に帰ると、ナタリーはマルキュスの電話番号を押したが、発信音を聞く前に切った。向こうからかけてもらいたかった。何にしても、この二度目のデートに誘ったのは彼女のほうなのだ。

少なくとも、誘いのお礼を言ってもらってもよかった。メッセージを送るとか。彼女はそうして電話の前で待っていたが、そんなことをするのは、ずいぶん久しぶりだった。彼女は眠れず、少し酒を飲んだ。それから音楽をかけた。アラン・スーション。フランソワといっしょに聞くのが好きだった歌。彼女はそれを、最後までふつうに聴くことができたのにびっくりした。彼女はリビングをうろうろし続け、少し踊りさえし、何かを期待させる力とともに酔いがまわってくるままに任せた。

66

マルキュスとの二度目のデートの後でナタリーが聴いたアラン・スーションの曲、『逃げ去る愛』の一部

僕の感じやすい肌に焼き付けられた愛撫
そんな瞬間も写真も、みんな捨てられる、それは自由
いつだって透明な接着テープが

67

つらいことを四角い枠に収める

僕らは絵に描いたような、見栄えのいい恋人同士
所帯道具をそろえて、カップル生活の幸せ、とんでもない
すぐにガラスが割れて、かけらが傷をつけ、血が流れる
ほら、タイルの床には　割れた焼き物が

僕らは続かなかった
ポロポロ、頬を伝う涙
僕らは別れる、理由なんてない
逃げていったのは愛、
逃げていったのは愛

マルキュスは断崖絶壁の縁を、脚の下に風を感じながら歩いた。この晩、家に帰る道すがらずっと、辛い思い出ばかりが襲ってきた。もしかしたらみんな、ストリンドベリのせいだっただろうか？　同国人の悩みに真っ向からぶつかるのだけは避けるべきだ。現在の美、ナタリーの美しさ、それを究極の岸辺のように感じたのだ。究極の岸辺とは、つまり座礁の岸辺だ。美しい人はそこに、彼の前にいて、まっすぐ彼の目を見つめていた。それは悲劇の前兆のようだった。まさに『ベニスに死す』のテーマではないか。「美を見つめる者は死に運命づけられている」というフレーズで有名な。そうだ、確かにマルキュスは少々大げさだったかもしれない。逃げ出すとはまたマヌケである。しかし、何年もの間、ほんとうにまったく何もなしに生きてみれば、どうして可能性を考えただけで突然、恐怖に襲われることがあるかが理解できるだろう。

マルキュスは電話しなかった。彼に東欧の人間のようなところを見て喜んだナタリーは、故国スウェーデンらしい堅苦しさを見出して驚くだろう。彼にはもうポーランド的なところは微塵もなかった。マルキュスは自分を閉じてしまうことに、「もう女の火遊びはしない」ことに決めた。そうだ、それが彼の頭のなかをめぐっていた言葉だ。そしてその結果、最初に具体的に決めたのは、彼女と目を合わせないということだった。

次の朝、会社に着くと、ナタリーはクロエとすれ違った。すぐに白状しよう。こいつもまた、偽りの偶然の信奉者だった。彼女も、キャップとすれ違うだけの目的で廊下の往復をすることがあったのだ[*1]。正真正銘の管理人おばちゃんタイプで、いささかもハリネズミの優雅さを持たない彼女は、なにがしかの打ち明け話を引き出そうと試みた。

「あ、おはようございます、ナタリーさん。元気ですか？」

「ええ、元気よ。ちょっと疲れてるだけ」

「昨日のお芝居のせいじゃないですか？　長かったんですか？」

「いえ、特別長くは……」

　クロエはそれ以上引き出すのは難しいだろうと感じたが、運よくやりやすくしてくれる出来事が起こった。マルキュスが彼女たちのほうへ歩いて来たのだ。が、彼もまた様子が変だった。この若い女性は彼を立ち止まらせようとして言った。

「ああ、おはよう、マルキュス。元気？」

「ああ、元気だよ……君は？」

「まあ、元気よ」

　マルキュスは答えたとき、女性たちを見ないようにしていた。女たちは誰か急いでいる人にでも話しかけたような、奇妙な印象を持った。変だったのは、まさに、マルキュスにはまったく急いでいる様子がなかったからだ。

「大丈夫？　首が痛いの？」

「いや……いや……大丈夫だよ……じゃ、おれ、行かなくちゃ」

彼は二人の女性を啞然とさせたまま いなくなった。クロエはすぐに思った。「すっごい気まずそう……ぜったい、ふたりは寝たに違いないわ……他に説明できないもの……じゃなかったらどうして彼女を無視したのよ?」そこで、彼女はナタリーにっこり微笑みかけた。

「訊いてもいいですか? 昨日はマルキュスと行ったんでしょう、お芝居には?」

「あなたには関係ないことよ」

「そうですか……わたしはただ、わたしには話してくださると思っていたから。わたしのほうは何でも話してるから」

「でも、何も言うことはないのよ。さあ、仕事にかかりましょう」

ナタリーは冷たかった。クロエが首を突っ込もうとしたのが気に入らなかった。彼女の目の中には野次馬の興奮した尻尾が見て取れた。クロエは居心地悪くなって、明日は自分の誕生日で、簡単なパーティーをやるのでと、もごもご言った。ナタリーはぼんやりした承諾を示すぼんやりした仕草をした。けれど参加するかどうか確信はなかった。

1 結局のところ、ほんとうの偶然というのは存在するのだろうか? もしかしたら、われわれがすれ違うすべての人間は、われわれに会うという不断の希望を持って、われわれの行動半径の中を歩いているのではないか? そう考えてみると、確かに彼らは、息を切らしていることが多いようだ。

しばらくして自分のデスクで、彼女はもう一度クロエの不躾さを考えた。何カ月もの間、社内を歩くたびに噂をされる経験をした。どうやってショックに耐えるか、何をするか、どんなふうに仕事に打ち込むかがこっそりうかがわれていた。こんなふうに人が見るのは、深い好意から来るものではあったけれども、彼女には重く感じられた。あのころ、彼女は誰にも見られたくなかった。いつもいつも心のこもった視線にさらされていると、かえってやらなければならないことが難しくなったのだ。人々の注目の的だった時期には、苦い思い出があった。だから、クロエがどんな表情をしていたかを振り返って、気づかれないようにしなければならないと思った。マルキュスとのロマンスは決して漏らしてはいけない。しかしそもそもロマンスなのだろうか？　フランソワが死んだせいで、彼女はそういうことに関する座標をすべて失ってしまっていた。思春期に戻ったかのようだった。恋愛について知っていたすべてのことが壊れてしまっていた。彼女の心臓が打っていたのは廃墟の上だ。彼女にはマルキュスの態度も、自分をもう見ようとしないのがどうしてなのかも分からなかった。まったく大げさな芝居だわ。それとも頭がおかしいのかしら？　ちょっとヘンというのは、さもありそうな話だわ。彼女は思ってもみなかった。ある女性を見たくないというのは、その女性をほんとうに愛しているからだとは。いや、そんなふうには考えなかった。彼女はただ、当惑していた。

68

ルキノ・ヴィスコンティ監督の『ベニスに死す』で、
タッジオを演じた、
ビョルン・アンドレセンに関する三つの噂

ニューヨークで、ゲイの俳優を殺したらしい。

＊

メキシコで飛行機事故に遭って亡くなったらしい。

＊

グリーン・サラダしか食べないらしい。

69

マルキュスは仕事したくなかった。彼は窓の前に立ったまま、虚空を見つめていた。ノスタルジーは相変わらず彼のなかにあって、もっと正確に言うなら、不条理なノスタルジーだった。惨めな過去でさえ、なにがしかの魅力を持っているというこの幻想。この瞬間、彼の子ども時代は、あれほど貧しいものだったのに、彼には生きる源泉のように思えたのだった。彼はあれこれこまごましたことに思いを馳せ、感動的だと思った。それらはいつもは悲しみを掻き立てるものだったのに。彼は、現在から逃避させてくれるところならどこでもいいから駆け込みたかったのだ。そうは言っても、この何日かは、一種のロマンチックな夢を実現して、美しい女性と芝居に行ったのである。だのになぜ、これほどにも強く、後退する必要を感じたのだろうか？　きっとそれはそんなに複雑なものではないのだろう。「幸福への畏れ」と言えるものだ。死ぬ直前には、自分の人生の最も美しい瞬間がいくつも目に浮かんでは消えるという。だとすれば、幸福が目の前で、ほとんど不安にさせるように微笑みかけるとき、過去の災難と失敗の数々が眼前に流れてもおかしくないのだろう。

ナタリーが執務室に来るよう言ったが、彼は拒否していた。

「お会いしますけど、お電話で」と、彼は言った。

「電話で会うですって？　あなた大丈夫？」

「大丈夫です。ただ何日かの間、僕の視界に入ってこないでください。お願いしてるのはそれだけです」

彼女はますます驚いた。しかし、あんまりおかしいので、惹きつけられていると感じるところもあった。彼女は実にいろいろなことを考えてみた。マルキュスの態度は、駆け引きの一種ではないかと思ったりもした。あるいは、恋愛におけるユーモアのモダンな形とか？　もちろん、彼女は間違っていた。マルキュスは啞然とするほど文字通りの意味に首までつかっていたのである。

その日の終わり、彼女は勧告を無視することに決めて、マルキュスの室《へや》に入った。すぐに彼は視線をそらした。

「やめてくださいよ！　しかもノックもなしで入ってきて」

「だって、私を見てほしいんですもの」

「僕は見たくありません」

「あなたって、いつもこうなの？　でも赤ワインのグラスのせいじゃないんでしょう？」

「あのグラスのせいとも言える」

「あなた、わざとこういうことやっているんじゃない？　私に気を揉ませるために、そうでしょう？　成功してるみたいよ」

「ナタリー、僕の言ったことに裏の意味なんかありませんよ。僕は自分を守ってるだけです。そんなに難しくて分からないことじゃないでしょう」

「でも、ずっとそうやってると、首が痛くなるわよ」

「心より首が痛むほうがいいです」

彼女はこの最後の言葉の意味を測りかね、なにか言い回しのようなもの、ココロヨリクビという一語だと思うことにした。それから彼女は言葉を継いだ。

「でも、私があなたに会いたかったら？　私があなたと時間を過ごしたかったら？　私があなたといて楽しかったら？　私はどうすればいいのよ？」

「そんなことはありえない。絶対にありえません。出て行ってくれたほうがいい」

ナタリーはどうしていいか分からなかった。彼にキスするべきか、ビンタを食わせるべきか、出て行かせるべきか、無視するべきか、辱めてやるべきか、嘆願するべきか？　結局、彼女はドアのノブを回し、出て行った。

70

次の日、退社前の時間に、クロエが誕生日を祝った。ひとに誕生日を忘れられるのは耐えがたかったのだ。何年かすれば、正反対になるに違いなかったが。陰気な空間を派手に飾って、そこにいる同僚たちを上っ面のめでたい気分に押しやる、そのエネルギーは大したものだった。同じ階にいる連中はほとんどみな出席していて、クロエはその真ん中でシャンパンを飲んでいた。そうしながら、プレゼントを待っていたのだ。彼女のナルシシズムの滑稽なまでに誇張された表現のなかには、なにかしら感動させるようなところ、ほとんどチャーミングといえるようなものがあった。

室《へや》はそれほど大きくなかった。マルキュスとナタリーはそれでも、互いにできるだけ離れていようと努めていた。ナタリーは結局、マルキュスの願いを容れて、良くも悪しくも、彼の視野に入らないようにしていた。クロエは、彼らのやっていることを観察していて、騙されはしなかった。「互いに話さないようにしているけど、それは多くを語っている」と彼女は思った。なんという炯眼《けいがん》。しかし彼女はこのことにそれほどかかずらおうと思っていなかった。誕生パーティーを成功させること、そっちのほうが大切だった。同僚たちみんな、ブノワたちやベネディクトたちは、シャンパン・グラスを手に、スーツ姿で、会食の楽しい雰囲気を漂わせて、くつろいで立っていた。マルキュスはみんなのちょっと浮き浮きしたところを見て、滑稽だと思った。しかし、滑稽なことというのは深く人間的なところがあるものでもあった。自分もまたみんなのなかに加わりたいと思った。彼はうまくやる必要を感じた。午後の終わりに、電話で白バラの花束を注文してあった。彼のクロエとの関係からすればまったく不釣合いな大きな花束だった。白にすがりつく必要を感じたのかもしれない。一面の純白に。赤を帳消しにする白に。花を届けに来た女性が受付に到着すると、マルキュスは降りていった。機能的で殺風景なホールで、巨大な花束を引っつかんだマルキュスというのはちょっとぎょっとする絵だ。

そういうわけで、すばらしい真っ白な塊の後ろから、彼はクロエのほうへ歩いていった。クロエは彼が近づくのを見て尋ねた。

「これ、私に？」

「ああ。誕生日おめでとう、クロエ」

彼女は困ったようだった。本能的に、ナタリーのほうへ顔を向けた。クロエはマルキュスになんと言ったらいいか分からなかった。彼らの間には空白があった。白をバックにした白い正方形。みんなが彼らを見ていた。というか、彼らの顔に見て取れるもの、白から洩れ出る小片を見ていた。クロエは何か言わなければならないと感じた、けれども何を？　ついに、

「こんなにしていただかなくても良かったのに。これはすごすぎるわ」

「確かにそうだけど。けど、僕は白が欲しかったんだ」

別の同僚がプレゼントを持って進み出たので、マルキュスはそれを潮に引き下がった。

ナタリーは遠くからこの場面を見ていた。マルキュスの設けた規則を尊重しようと思ってはいたが、目にしたことに不快になって、彼女は彼に言葉をかけることにした。

「なんであんな花束を贈ったの？」

「分かりません」

「ねえ……私はあなたの自己中心的で閉じた態度が嫌になってきているの……あなたは私を見たくないという……そしてわけを訊いても知らないと言う」

「ほんとうに分からないんですよ。僕だって困ってるんだ。僕だってやり過ぎだって分かってる。だけどこうなっちゃったんだ。花を注文したとき、白バラのでっかい花束って言っちゃったんです」

「彼女に恋してるってこと、そうなの？」

「やきもち焼いてるんですかね？」

「焼いてなんかいません。でも、あなたって、見かけは、スウェーデンから落っこってきましたって暗い顔してるけど、ほんとはすごい女たらしなんじゃないかと思い始めたわ」

「それを言うなら、あなたは……男心のエキスパートですよね、きっと」

「こんなことみんな馬鹿げているわ」

「馬鹿げているのは、あなたにもプレゼントがあるってことだ……渡さないのに」

ふたりは顔を見合わせた。そしてマルキュスは思った。どうしてもう会わないなんてことができると思ったんだろう。彼は彼女に微笑みかけ、彼女は微笑みを返した。もう一度、微笑みのワルツが起こった。驚くのは、解決してしまうと、前からこうであったかのようになってしまうことだ。そしてほんの微かな唇の動きが、絶対に変わらないと思った揺るぎない確信を壊してしまうことだ。マルキュスの決意は、ナタリーの顔の前に当然のごとく崩れ去った。憔悴した顔、理解できないために混乱した顔、けれどそれでもやはりナタリーの顔。何も言わずに、ふたりはパーティー会場を抜け出し、マルキュスの室《へや》へ行った。

71

そこは狭かった。ふたりの間にわだかまりがなくなったことで室《へや》を充たすのに十分だった。ふたりだけになってうれしかった。マルキュスはナタリーを見て、その目のなかにためらいを読んで動転した。

「で、そのプレゼントっていうのは？」と、彼女は尋ねた。

「あげますけど、家に帰るまで開けないって約束してください」

「約束するわ」

マルキュスは小さな包みを差し出し、ナタリーはそれをバッグに入れた。ふたりは一瞬、「今も続いている一瞬」、そのままでいた。マルキュスは何か話して、空白を埋める必要を感じなかった。ふたりはリラックスして、仲直りしたことに満足していた。けれどついにナタリーが言った。

「そろそろ戻らなきゃ。戻らないと変に思われるわよ」

「そうですね」

ふたりはマルキュスの室《へや》を後にして、廊下を進んだ。パーティーの場所に戻って驚いた。もう誰もいなかったのだ。きれいに片付けられて終わっていた。ふたりは自問した。いったいどれほどの間、マルキュスの室《へや》にいたのだろう?

家に帰ってソファの上で、ナタリーは包みを開けた。中から出てきたのはＰＥＺ《ペッツ》だった。彼女はびっくりした。フランスでは見つからないものだからだ。この優しい心遣いは彼女を深く感動させた。彼女は外套を着てまた外に出て行った。腕を振ってタクシーを止めた(こんな仕草が急に当たり前のように思えた)。

72

ＰＥＺに関するウィキペディアの記述

ＰＥＺという名称は、ドイツ語のPfefferminz（ペパーミント）から派生したもので、これは最初に商品化されたキャンディがペパーミント味だったことから来ている。ＰＥＺ発祥の地はオーストリアで、世界中に輸出されている。ＰＥＺのディスペンサーは、このブランドの特徴のひとつ。その種類の豊富さによって、コレクターの注目を集めている。

73

ひとたびドアの前まで来ると、彼女は一瞬ためらった。ひどく遅い時間だった。けれどもここまで来たからには、引き返すのは馬鹿げていた。彼女は呼び鈴を押し、ちょっと待ってもう一回押した。応えはなかった。彼女はドアをドンドン叩いた。しばらくしてようやく足音が聞こえた。

「誰だ？」と訊く声は怯えていた。

「私よ」と、彼女は答えた。

ドアが開いて、ナタリーはとんでもないものを目の当たりにした。髪を逆立て、狼狽した目をした父がそこにいた。まるで強盗に襲われてガーンとやられたように見えた。実際、そういうところはあった。睡眠を奪われたばかりだったのだから。

「けど、いったいどうしたんだね？　なにかあったのか？」

「なにも……大丈夫よ……お父さんに会いたかったの」

「こんな時間に？」

「うん、急ぎだったの」

ナタリーは家に入った。

「お母さんは寝てるよ。知ってるだろう。世界が止まったって、眠り続ける人だからね」

「知ってるわよ。お父さんを起こしたのよ」

「なにか飲むか？　ハーブティーでも」

ナタリーはこっくりし、父は台所へ行った。彼らの間にはなにか心慰まるものがあった。驚きが収まると、父は落ち着いた態度を取り戻した。娘の相手をしてくれようとしているのが感じられた。それでも、こんな夜更けに、ナタリーはふと、父が年をとったと感じた。室内履きで歩く姿に、そう感じたのだ。真夜中に起こされたのに、何が起こったか見に行く前にわざわざ室内履きを履いた。そんなふうに足を労わったのだと思うと胸が痛んだ。父はリビングに戻って来た。

「それで、どうしたんだね？　なんで朝まで待てなかったんだい？」

「これを見せたかったの」

彼女がＰＥＺをポケットから出すと、父は娘と同じ感動を覚えた。この小さなオブジェに、彼も、あの夏を思い出したのだ。急に娘は八歳になった。娘はそっと父に近づいて、肩に頭を載せた。ＰＥＺには、過去の優しさが漂っていた。時とともに、断ち切られたわけではないが少しずつ散っていくように失われていったものすべても、そこにあった。ＰＥＺには、不幸を知る前の時間、脆さが結局のところ、転んだり、ひっかき傷を作ることでしかなかったような時が、あった。ＰＥＺには、子どもだった彼女が走っていって腕に飛び込んだ男、そしてひとたび胸に抱きかかえられると、未来というものを猛烈に安心して感じることができた、父という男が、あった。ふたりは憑かれたようにＰＥＺを見ていた。人生のあらゆる陰影をたたえた、小さくて笑うべきオブジェ、しかしかくも感動的なオブジェを。


ナタリーが泣き出したのはそのときだった。さめざめと泣いた。父の前でこらえていた苦痛の涙。なぜかは分からなかったが、彼女は父の前で決して感情に身を任せたことがなかった。もしかしたら一人娘だったからか？　もしかしたら男の子の役、泣かない男の子という役も演じなければならないと思っていたのだろうか？　けれど彼女は女の子、夫を失った女の子だった。だから、すべてが過ぎた後で、ＰＥＺから立ち上る空気の中で、父の胸に抱かれて泣き始めたのだった。慰めの希望に身を任せて。

74

次の日、出社したナタリーは軽く具合が悪かった。結局、実家で眠ったのだった。朝早く、母が起きる寸前に彼女は自宅に戻った。若いころの徹夜、明け方まで騒いで着替えるとすぐ講義に直行したことを思い出す。彼女は疲労困憊しているると目が覚めるという、体のパラドックスを感じていた。彼女はマルキュスに会いに寄り、彼が前の日とまったく同じ顔をしているのを見て驚いた。常に変わらないものには、一種の静かな力がある。彼女はそう思って安心し、なにか楽になりさえした。

「お礼を言いたかったの……プレゼントの」

「どういたしまして」

「今晩、一杯、おごらせてくださる？」

マルキュスはうなずきながら「おれが彼女に恋しているのに、デートのイニシアチブを取るのはいつも彼女だな」と思った。もう怖がってはいけない、あんなふうに後ずさりして、自分を守ろうとしたのは馬鹿みたいだったと強く思った。潜在的な苦しみを少なくするなんてことはできやしないのだ。彼はまたしても、彼女がもう何分も前に出て行ってしまったのに、まだなんと返事しようかと考え続けていた。こんなことはみんな、苦しみと失望と恐ろしい愛の袋小路に自分を導くだろうと、彼は思い続けていた。しかし、彼は行きたかった。見知らぬ場所に向かって旅立ちたかった。なにも悲痛になることはない。苦しみの島と忘却の島の間を、行ったり来たりする舟があることを彼は知っていた。そしてその舟は、もっと遠いところにある希望の島との間もつないでいることを。

ナタリーは、カフェで直接落ち合おうと提案した。昨日、二人で姿を消した後なので、少し慎重にしたほうが良いと思ったからだ。それに、彼女はクロエに訊かれたことも思い出した。マルキュスは同意した。心の底では、ナタリーと会うことになるたびに、それを告げる記者会見でも開きたいくらいだったけれども。彼は先に着いて、よく見える場所に座ることにした。美人が彼に会いにやって来た場面を見逃す者は誰もいないという戦略的な場所。これは重みのある行為であって、決して皮相な行為と考えてはならない。たとえなんであっても、それは男の虚栄心から出たのではなかった。そうではない、もっとずっと重いものをそこに見なければならない。これは、彼が初めて自分を受け入れたという徴だったのだ。

非常に久しぶりのことだったが、彼はその朝、本を持つのを忘れて出かけていた。ナタリーはできるだけ早く来ると言ったが、しばらく待つことになるかもしれなかった。マルキュスは立って無料の新聞を取り、熱心に読み始めた。わりとすぐに面白い記事に当たった。そしてナタリーが現れたのは、この三面記事を読んでいる最中だった。

「こんにちは。お邪魔じゃない？」

「やあ、もちろん、邪魔なんかじゃないですよ」

「ずいぶん真剣に読んでるみたいだったから」

「ああ、これね、モッツァレラの闇取引の記事」

これを聞いてナタリーは噴き出した。疲れているときに起こる類の笑いだ。笑いは止まらなくなった。マルキュスは、確かに可笑しいかもしれないなと思ったので、自分も笑い始めた。ふたりは痙攣するような笑いに取り憑かれた。彼はなんとも思わず、ただ返事をしただけだった。それなのに、今や彼女はいつまでも笑い止まないのだった。それはマルキュスの目にはまったく常軌を逸していた。まるで足の生えた魚（ひとにはそれぞれ自分なりの暗喩がある）を前にしているようだった。何年もの間、何百回ものミーティングを通して、彼が見てきたのは生まじめな女性だった。きつくはないけれども、いつもいつもまじめだった。もちろん、微笑むところを見たことはあるし、このあいだは、笑わせもした。けれどこんなふうに笑ったのを見たことは、ない。これほど激しく笑ったのは、初めてだった。彼女にとっては、すべてがそこにあったのだ。この瞬間が彼女がマルキュスといっしょにいるのが好きだということの純粋な証明だった。カフェに座って待っていて、大きな笑顔で迎えてくれ、まじめな顔をしてモッツァレラの闇取引の記事を読んでいると言うような男。

75

無料新聞『メトロ』に載った記事、「モッツァレラの密売組織解体」

昨日、一昨日、ボンドゥフル（エッソンヌ県）の「高級」モッツァレラ密売組織の解体にあたり、五人が警察に監置された。捜査を担当したエヴリー憲兵隊の中隊長、ピエール・シュッコフ氏によれば、「パレット六十から七十枚分、およそ三十トンのモッツァレラが二年間にわたり貯蔵され」、県内およびヴィルジュイフ（ヴァル・ド・マルヌ県）で売られていた。規模は大きく、損害は二八万ユーロと推定される。二〇〇八年六月、ステフ社の申し立てにより捜査が行われ、密売ルートが明らかにされた。主にピザ食品店二軒の店長が関係しており、そのうちパレゾー所在店店長が仲介役を果たしていた。密売を組織したのは誰か、

76

盗品のモッツァレラがどこを経由したかの解明が待たれる。　Ｖ・Ｍ

恋愛の進行中、アルコールはふたつの相反する場面に現れる。相手を発見し、お互いのことを語らなければならないときと、もう互いに何も言うことがなくなったときだ。今は最初の段階だった。時間が過ぎるのに気づかず、恋物語を、とくにあのキスの場面を、作りなおす段階だ。ナタリーはあのキスは内的な欲求によってたまたま引き起こされたものだったと思っていた。でもそれは違ったのではないか？　偶然というものは存在しない。すべて本能の無意識的な歩みではなかったか？　この男となら気持ちが和むと直感的に分かったのでは。こう考えるとうれしくなり、それから深刻になり、それからまたうれしくなった。喜びと悲しみの間を絶えず行ったり来たりして、そして今、その旅はふたりを外に連れ出した。寒いところへ。ナタリーは気分が悪くなった。昨夜の実家と自宅の往復のせいで風邪を引いたのだった。どこへ行こうか？　長い散歩になると思われた。というのは、まだ互いの家に行くことはできなかったし、かといって、なによりも、別れたくないのだから。ひとはそういうとき、決めずにいる時間を長引かせる。そして夜だと、それはさらに長くなる。

「キスしてもいいですか？」と、彼は訊いた。

「分からないわ……私、風邪の引きかけなの」

「かまわないな。あなたといっしょになら風邪を引いてもいい。キスしていいですか？」

　ナタリーはこの質問をされてとてもうれしかった。それはデリカシーの現れだと思った。彼と過ごす時間は一瞬一瞬が、非凡なのだった。あんな経験をした後で、どうしてもう一度、恋の魔法にかかることがあるなどと想像できただろう？　この男は何か他人にないものを持っているのだ。

　彼女は頭をこくんとさせて「ええ《ウイ》」と言った。

77

マルキュスに返答のヒントを与えたウディ・アレンの映画『セレブリティ』の会話

シャーリーズ・セロン
うつるの怖くないの？　私、風邪をひいてるのよ。

ケネス・ブラナー
君からだったら、不治のガンにでも感染したいね。

78

夕べはすばらしく、夜は忘れがたくとも、そのたどりつく先は、いつもと同じような朝だ。ナタリーは職場に行くためにエレベーターに乗った。この狭苦しい空間で誰かといっしょになり、にっこりしたり挨拶を交わしたりするのが嫌だったので、空のエレベーターを待った。彼女は、蟻が通る通路のように人間を運ぶこの箱に乗って、仕事の一日に向かって上っていくこの数秒が好きだった。エレベーターを降りると、彼女の雇い主とぶつかった。これは言い回しではない、ほんとうにぶつかったのだ。

「これは驚いた……たった今、このごろ会わないなと思っていたら、なんだ、こうやって出くわすとは！　こんな能力があると知ってたら、ほかの願い事をするんだったな……」

「なに言ってるのよ」

「いやまじめにさ、話があるんだ。あとで僕のところに来てくれないか？」


　ここしばらく、ナタリーはシャルルの存在をほとんど忘れていた。彼は古い電話番号のようなもの、現代と接点を持たないものだった。彼は気送速達便（空気圧を利用し地下の圧縮空気管を通じた郵送システム。パリおよびその近郊で一八八六年から一九八四年まで使われた）だった。彼の執務室にまた行かなければならないのは不思議な感じがした。どれくらい前から、行っていなかっただろう？　正確には分からなかった。過去の形は崩れ、溶けて不確かなものになり、忘却の下に隠れ始めていた。そしてそれこそが、現在がその役割を取り戻そうとしている幸せな証拠だったのだ。彼女は午前中をやり過ごし、それから決心した。

79

前世紀の電話番号の例

オデオン　32-40

*

パッシー　22-12

*

クリシー　12-14

80

ナタリーはシャルルの室《へや》に入った、鎧戸がいつもより少ししか開いていなくて、この午前中をわざと薄暗いままにしておこうとしているらしいのが見て取れた。

「ほんとに、ここに来るのは久しぶり」と、彼女は歩きながら言った。

「久しぶり、だね……」

「ラルースがずいぶん進んだでしょうね……」

「ああ、あれは……やめたんだよ。定義にはうんざりしてね。率直に言って、言葉の意味を知って何の役に立つのか、君、言えるかな？」

「それを訊くために私を呼んだの？」

「いや……いや……すれ違いばかりで時間が過ぎてしまって……でどうしてるかなと思っただけなんだ……最近はどんななのかな……」

彼はこの最後の数語をほとんどどもるように発音した。この女性を前にすると彼は脱線した列車になってしまうのだ。どうして彼女がこんな効果を及ぼすのか分からなかった。もちろん彼女は美人だったし、もちろん彼女の物腰はすばらしいと彼は思っていたけれども、それでも、それだけだっただろうか？　彼は権力を持った男で、彼が通ると赤毛の秘書たちが後ろでくすくす笑うこともあった。彼は何人もの女を持つことができただろうし、五つ星のホテルで昼下がりの情事を楽しむことだってできただろう。ではなんで？　言っても仕方がない。最初に持った印象が暴君のように彼を支配していたのだ。そうでしかありえない。履歴書に貼られた写真の顔を見た瞬間、彼女と面接してみたいと思ったのだった。そして、結婚したばかりの、色白でためらいがちな彼女が現れ、数秒後には彼女にクリスプロールを勧めていた。もしかしたら一枚の写真に恋したのだろうか？　不動の美の官能的専制の下《もと》に生きること以上に消耗するものはない。彼は彼女をずっと見ていた。彼女は座りたがらなかった。歩き、物を触り、なんでもないことに微笑んだ。女らしさが突然、生きた肉体になったようだった。ついに、彼女は社長室をひとまわりして、彼の後ろに立った。

「な、なにをしてるんだね？」

「あなたの頭を見ているの」

「でもなんで？」

「あなたの頭の後ろを見ているのよ。だって、頭の後ろに考えがあるらしいから」

これは最悪だった。彼女にユーモアがあるなんて。シャルルはこの場面には、もうぜんぜんついていけなかった。彼女は彼の後ろにいて、面白がっている。過去は、初めて、本当に過ぎ去ったと思われた。彼女が暗い日々を過ごしていたとき、彼は一番近い席に座っていた。幾晩も、彼女が自殺するのではないかと考えて過ごした。それが今、彼女はそこに、彼の後ろにいて、過剰なほどに生き生きとしているのだ。

「さあ、ここに座っておくれよ」と、彼は静かに言った。

「いいわよ」

「幸せそうだね。そのせいか、きれいになった」

ナタリーは答えなかった。彼女は、彼がここに呼んだのは、もう一回、告白をするためでないといいがと思った。彼は続けた。

「僕に言うことはないの？」

「ないわ、私に会いたいと言ったのはあなたよ」

「君の課はうまく行っているかい？」

「ええ、そう思うわ。でも、あなたのほうがよく知っているはずよ。数字を持ってるんだもの」

「で……マルキュス君とは？」


では頭の裏にあった考えとはこれだったのか。彼はマルキュスのことを話したかったのだ。どうしてもっと早く気がつかなかったのだろう？

「彼とよく食事に行っているようだが」

「誰がそう言ったの？」

「ここの者はみんな知ってるよ」

「そう、それで？　プライベートなことでしょ。あなたにどういう関係があるの？」

ナタリーはプツンと言葉を切った。顔色が変わった。彼女はシャルルを、説明を待ちわび、なによりも否定してくれることを願って彼女の言葉をうかがっている、惨めなシャルルを見た。長いこと、目をそらさず、どうしたらいいか分からずにいたが、結局、一言も言わずに社長室を去ることにした。社長を不安なままに、満たされない思いの真ん中に残していった。彼女には耐えられなかったのだ。噂されたということが。みんなが裏で自分のことをいろいろ言い合ったということが。彼女は下心、陰口、だまし討ちといった一連のものを憎悪していた。とりわけ気に障ったのは、「みんな知ってる」という言葉だった。今になってみると、思い当たることがあった。そう、他人の視線の中に何か感じるものがあったのだ。レストランにいるふたりを誰かが見たか、あるいはただ、いっしょに出て行くところを見られただけで十分、翌日には会社中が興奮するのだ。どうして気に障ったのだろうか？　彼女は冷たくプライベートだとだけ言った。シャルルにこう言ってやることもできただろう。「ええ、あの男が好きなのよ」と。確信を持って。そうして、いや、彼女はそれを言葉にしたくなかった。しかも、何の関係もない人間が彼女にそれをさせるなんてことは問題外だった。自分の室《へや》に戻る途中で、彼女は何人かの同僚とすれ違い、何かが変わったのを認めた。同情と好意の視線に代わって別のものが忍び込んでいた。でも彼女はまだそれから起こることを想像することはできなかった。

81

ジャン＝ポール・ベルモンドとアニー・ジラルドが主演した、クロード・ルルーシュの映画、『私の好きな男』の封切り日

一九六九年十二月三日

82

ナタリーが出て行ったあと、シャルルは長いことじっとそのままでいた。うまく会話を運ぶことができなかったことがよく分かっていた。やり方が悪かったのだ。とりわけ、ほんとうに感じていることを彼女に言うことができなかった。「もちろん関係があるとも。君は僕と付き合いたくないといった。もう男はいらないからだと。だからもちろん、僕には君の感じていることを知る権利がある。その男のどこが好きなのか、僕のどこが嫌いなのか、知る権利がある。僕がどんなに君を愛していたか、僕にとってどれほど辛かったか、君は知ってるだろう。君は僕に説明しなければならない。僕が君に求めているのはそれだけだ」これがほぼ彼の言いたかったことだ。けれども、仕方がない、愛の会話にわれわれはいつも五分遅れるのだ。

シャルルは今日は仕事ができなかった。サッカーのフランス選手権でたくさんの引き分け試合があったあの晩に、ナタリーとの件が決着した後、彼は諦めたのだった。それは官能メカニズムの不思議によって、妻との関係を再燃させさえした。何週間ものべつまくなしにセックスし、体でお互いを再発見した。すばらしい時期だったということもできよう。失くして取り戻す愛には、ただ単に発見する愛よりも多くの感動があるものだ。それからゆっくりと死の苦悶が冷笑のように再び始まった。どうして再び愛し合えるなんて思えたのだろう？　それは一過性のもの、絶望が見かけを偽った、括弧のなかの出来事、二つの悲痛な山の間にあるわずかな平野のようなものだった。

シャルルは疲れてぼろぼろになったように感じた。スウェーデンもスウェーデン人も嫌になった。彼らの常に冷静でいようとするストレスフルな態度。絶対に電話で怒鳴らないこと。常にクールで従業員にはマッサージを勧めるというそのやり方。そういうゆとりが彼の神経にちくちく障り始めていた。地中海的なヒステリーが懐かしく思われ、オリエンタルな絨毯売りの商人たちとビジネスしたいと夢想することもあった。彼がナタリーの私生活に関わる噂をぶちかまされたのはそういう状態のときだった。それ以来、彼は絶えずこの男、このマルキュスという男のことを考えた。そいつはいったい、そういうトンマな名前で、いったいどうやってナタリーを誘惑したのか？　彼は信じたくなかった。彼はナタリーの心がオアシスの蜃気楼のようなものだとよく知っていた。近づくとすぐに消えてしまうのだ。しかし今回は、違った。彼女の過剰反応は噂を裏付けていた。ああ、そんな、そんなことはあってはならない。そんなことには絶対に耐えられないだろう。「そいつめ、どうやったんだ？」と、シャルルは繰り返してやまなかった。このスウェーデン人は彼女に魔法をかけたに違いない、そうじゃなくてもそんなふうな何かだ。眠らせるとか、催眠術にかけるとか、媚薬を飲ませるとか。そうでしかありえない。彼女は見違えるようだったのだ。そうだ、彼を一番傷つけたのは、それだったかもしれない。彼女はもう、彼の知っていたナタリーではなかった。何かが変わっていた。正真正銘の変化。だから、彼はたったひとつの解決しか思いつかなかった。このマルキュスという男を呼びつけてその腹を探ってやる。そいつの秘密を発見してやるのだ。

83

一九五七年ルノドー賞受賞作品、ミシェル・ビュトールの『心変わり』が翻訳された言語（スウェーデン語も含む）の数

二十

84

マルキュスは波風を立てては絶対にいけないと育てられた。人が通るところどこでも、目立たないようにしなければならない。人生とは一本の廊下のようなものに違いない。だから当然のことながら、社長に呼びつけられて、彼はパニックを起こした。彼は男だったし、ユーモアも責任感もあり、信頼に足る男だった。が、お偉方が相手となると、子どものようになってしまうのだ。たくさんの疑問がふつふつと沸き起こった。「なんでおれに会いたいんだ？　おれは何をしたんだ？　ファイル１１４の保険の部の扱いがまずかったのだろうか？　最近、歯医者に行く回数が多すぎたんだろうか？」罪悪感があちらからもこちらからも彼を襲ってきた。もしかしたらそこにこそ、彼という人間のほんとうの性質があったのかもしれない。罰が下るだろうという馬鹿げた感覚が彼にはいつもあったのだ。


彼は二本の指を使う自己流のノックをした。シャルルは入れと言った。

「スミマセン、お目にかかりに来ました……およ……」

「今時間がないんだ……約束があるものでね」

「ああ、そうでしたか」

「……」

「では戻ります。また後でおうかがいします」

シャルルはこの社員を下がらせた。かまっている暇がなかったからだ。かの有名なマルキュスを待っているところだったのだ。ほんの一秒たりとも、今見たばかりの男がそれだとは思わなかった。ナタリーの心をつかんだ上に、その野郎ときたら呼ばれても現れすらしないという大胆不敵なやつだ。どういう反逆者だろう？　ただではすまさないぞ。何様のつもりだ？　シャルルは秘書に電話した。

「マルキュス・ランデルとかいう男に社長室に来るように言ったんだがまだ現れない。どうなってるのかね？」

「でも、出て行くようにおっしゃったじゃありませんか」

「いや、来ていないぞ」

「来ましたよ。さっき社長室から出るところを見ましたもの」

シャルルはこれを聞いて茫然とした。体を急に風が吹き抜けていったように。もちろん北風だ。彼はあやうく倒れそうになった。秘書に男をもう一度呼ぶように言った。自分の席に着いたばかりのマルキュスは、再び立たなければならなかった。彼は社長がからかっているのではないかと思った。もしかしたらスウェーデン人の株主たちにイライラしていて、同国人の社員に当たっているのかもしれないと思った。マルキュスはヨーヨーにはなりたくなかった。もしこんなことが続くなら、二階の組合員、ジャン＝ピエールのしつこい誘いを受けることにしよう。

彼は再び社長室に入った。シャルルは口をいっぱいにしていた。クリスプロールを食べて自分を落ち着かせようとしていたのだ。緊張をほぐそうとしてイライラさせるものを使うというのはよくあることだ。彼はぶるぶる震え、じっとしていられず、口からパン屑が落ちるままにしていた。マルキュスはびっくりした。なんでこんな男が会社を支配できるのだろう？　しかし、もっとびっくりしたのはもちろんシャルルのほうだった。どうしてこんな男がナタリーの心を支配できるのだろう？　二人の驚愕から、これから何が起こるか誰も想像ができない、一瞬の間《ま》が生まれた。マルキュスは何が待ち受けているのか分からなかった。そしてシャルルは自分が何を言おうとしているのか分からなかった。彼はなによりもまずたいへんな衝撃を食らっていた。「いったいどうしてそんなことが可能なのか？　こいつは醜い……不格好だし……気骨もない、見れば骨のないやつだと分かる……ああ、だめだ、そんなことはありえない……それに、人を見るのに、やぶにらみじゃないか……ああ、なんてことだ……ぜんぜんナタリーに似合わない、この男は……なにもかも、だめだ、だめだ……ああ、気色悪い……こいつが彼女の周りをうろつくなんてことは問題外だ……スウェーデンに送り返してやる……そうだ、それだ……ちょっとした異動……もう明日から配置換えだ！」

シャルルはこんなふうにまだまだ、心の中でぶつぶつつぶやき続けていたかもしれない。彼は話すことができないでいた。しかし、ここへ来させたからには、相手に何か言わなければならなかった。時間稼ぎに、彼は勧めた。

「クリスプロールはいかがかな?」

「いえ、けっこうです。僕がスウェーデンを出て来たのは、そういう小さいパンを食べるのをやめるためなんです……ここでまた食べたいとは思わないんですよ」

「ああ……ああ……そりゃ面白いな……ああ、ひぃ!」

シャルルはたまらなくなって笑い出した。この馬鹿ときたらユーモアがある。まったくなんて馬鹿だ……最悪だ、鬱病みたいな顔して、可笑しなこと言ってびっくりさせるやつら……誰もそんなものが来るとは思わないところで、パシッと冗談か……。きっとこれがやつの秘密なんだ。シャルルはずっとそれが自分の弱点だと感じていた。彼は女たちをあまり笑わせたことがなかった。妻のことを考えると、自分には女たちを陰気にする力が備わっているんじゃないかとまで思った。確かにローランスは、ここ二年三カ月と十七日、笑ったことがなかった。それを思い出したのは、彼の手帳には、ひとが月蝕の日を書き入れるように「今日、妻の笑い」と書き込まれていたからだ。おっと、脱線はこのくらいにしておかなければ。話さなければならないのだ。結局のところ、何が怖いというのだ? 社長は彼なのだ。社員食堂のチケットの値段を決めるのも彼であって、それはやはり何でもないことではない。いや本当に、落ち着きを取り戻すべきだ。でも、どうやってこの男に話そう？　どうやって彼を正面から見るのだ？　ああ、そう、こいつがナタリーに触れると思うだけで胸が悪くなる。こいつの唇がナタリーの唇に触れるなんて。なんという冒瀆、なんというテロ行為！　おお、ナタリー。彼はずっとナタリーを愛していたのだ。当たり前だ。真に情熱を注いだものであれば、終わりはないのだ。彼女を忘れるのは難しいことではないと思っていた。しかしそんなことはない、過去の感情は彼のなかで眠っていただけで、今、最も恥知らずな次元で再び噴出したのだった。


異動よりももっと根本的な、別の解決法も考えた。解雇だ。ひとつくらい職業上の過失を犯しているに違いない。誰だって間違うことはあるものだ。しかし、あの男は誰でもという男ではない。その証拠に、ナタリーと付き合っている。もしかしたら模範的な社員、にこにこして残業をこなす社員のひとりなのかもしれないし、決して昇給を要求しない社員の一人なのかもしれない。つまり、一番悪い社員のひとりってことだ。この天才社員は組合員にだっておそらくなってない。

「私にご用事があったのでは？」とマルキュスが言い、この言葉で、シャルルの呼吸が驚きで止まっていた長い時間が途切れた。

「そうだった……そうだった……ちょっと考え事があってね。終わったらすぐ、君の話をするから」

こんなふうに待たせておくわけにはいかなかった。いや、できたかもしれない。一日中こうして放っておくことも。どういう反応をするか見るだけのために。しかし、そんなことをやったって、この男にはなんの効き目もないだろう。というのは、今となっては、自分に何も話さない誰かと面と向かっていることほど嫌なことはない、しかもそれが社長である場合には、と考え始めてしまったからだ。他の社員だったら誰でも、心配している兆候を現しただろう。汗をかいたかもしれないし、盛んに身振りをしたり、足を組んだりほぐしたりしたかもしれない……ところが、まったくそんなことがなかったのだ。マルキュスがまったく動かないまま、すでに十分、あるいは十五分がたっていた。完璧にストイックに。それを考えてみれば、こんなのは前代未聞だ。この男は異論の余地なく、強い精神力に恵まれている。

そのとき、マルキュスはただ、とても嫌な不安な気持ちで凍り付いていたのだ。何が起こっているのか理解できなかった。何年もの間、彼は一度も社長に会ったことがなかった。ところが急にこうして呼びつけられたかと思うと、沈黙に包まれてしまった。二人はお互いに、それと知らずに、相手に強者のイメージを送り合っていたのだった。最初に口をきくべきなのはシャルルのほうだった。が、できない。彼の言葉は封印されてしまっていた。彼は催眠術にかかったように、まっすぐマルキュスの目を見続けていた。初めは追い払おうと思ったのだが、そうはしないで別のことをしようという考えが浮かんできた。敵対心と同時に、すごいやつなんじゃないかという気持ちが、彼のなかに生まれているのも明らかだった。追い払うのは論外で、彼がやってることを見るべきだ。シャルルはとうとう話し始めた。

「待たせて悪かった。誰かに言葉をかけるときには、言葉を選ぶのに時間をかけることにしてるものだからね、それだけのことなんだ。とりわけ、君にこれから言おうとしているようなことはね」

「……」

「つまり、ファイル114についての君の仕事ぶりを耳にしたんだ。ねえ、ここでは僕の耳に入らないことはないんだよ。何でも知っている。で、君のような社員を持って僕はたいへんうれしいと言わなければならない。で、スウェーデンでも君のことを話したら、彼らはそんな有能な同国人を持ってとても自慢に思ってくれた」

「ありがとうございます……」

「いや感謝するのは僕のほうだ。君がこの会社の機動力だっていうのが感じられる。それに、個人的に君の健闘を称えたいね。僕は会社の有能な人材と過ごす時間が少ないと思うんだよ。君をもっとよく知ることができればうれしいんだが。今晩いっしょに食事をしないかな？　どう思う？　ね、いいだろう？　どうかな？」

「あのぅ……ではそうしましょう」

「ああ、それはよかった。うれしいよ！　それに、人生は仕事だけじゃないからね……いろいろ他のことも話そう。ときには社長と社員の間のバリヤーを壊すのもいいんじゃないかと思ってる」

「社長がそうおっしゃるなら」

「よし、じゃあ今晩……マルキュス！　またあとで……そして仕事ばんざい！」

マルキュスは社長室を出たが、日蝕の間の太陽のように当惑していた。

85

二〇〇二年に販売されたクリスプロールの数

二二五〇万箱

86

マルキュスとナタリーはできているという噂が会社中に広がった。真実は、ふたりは三回キスしたということ。妄想は、ナタリーが妊娠しているということ。そう、人々が尾ひれをつけたのだ。噂がどのくらいの規模で広がったかを知るためには、コーヒー自販機の使用頻度を計算してみたらいい。今日、それは歴史的な数値に上った。ナタリーのことは誰もが知っていたが、マルキュスが誰なのか知っている者はいなかった。彼は鎖における目立たない輪のひとつ、服における白い糸だった。たった今経験したばかりのことにいささか啞然として自分のデスクに戻ったとき、彼はたくさんの視線が自分に注がれているのを感じた。なぜだかは分からなかった。トイレに寄って、上着の折り目や、髪の分け筋や、歯と歯の隙間や顔色を確かめてみた。何も言うことはない、すべてがあるべきところにあった。

彼に注がれる眼差しはこの日、ますます増えるばかりだった。たくさんの社員が口実を見つけて彼を見に来た。質問をしに来たり、ドアを間違えたりした。それはもしかしたらただの偶然なのかもしれない。なぜかはよく分からないながら特別出来事の多い日のひとつなのかも。スウェーデンにいる伯母なら月のせいだと言うだろう。ノルウェーでは高名な占い師なのだ。こんなふうに邪魔ばかりされたので、ほとんど仕事する時間はなかった。あきれたものだ。社長に褒められたその日に、何ひとつやらなかったとは。いや、彼がもてあましたのもそれだったかもしれない。一度も特等席にいたことがないのに、今まで誰も彼のやっていることなんか本気で注目しなかったのに、突然、激励されたりするのは楽なことではないのだ。それにナタリーのことがあった。彼の中に。ますます大きく。ふたりの最後のデートは、彼に大きな自信を与えた。人生は不思議な展開を始め、恐怖や不安はゆっくりと遠ざかりつつあった。

ナタリーもまた周りが騒がしくなるのを感じていた。それは漠然とした思いに過ぎなかった。当たって砕けろ主義のクロエが大胆にもこう言ったときまでは。

「ひとつ質問してもいいですか？」

「ええ、どうぞ」

「マルキュスと付き合ってらっしゃるって、みんな噂してますけど。ほんとうですか？」

「前にもお返事したと思うけど。あなたに関係ないことだって」

今度は、ナタリーはほんとうに怒った。この娘の好きだったところはみななくなってしまったように思えた。今や、彼女の中には、しつこく卑しい品性しか見えなかった。シャルルの態度にすでにショックを受けていたところに、これだ。みんな、何にこんなに興奮するのだろう？　クロエはもごもご言いながらさらに墓穴を掘った。

「ただ、私はぜんぜん想像できないんです……」

「もうやめて。出て行ってちょうだい」と、ナタリーはイライラして言った。

本能的に彼女は、ひとがマルキュスを悪く言えば言うほど、自分は彼を身近に感じるだろうと思った。そういうことがあると、他人の無理解から遠く離れた世界で、ふたりをより強く結びつけるのだ。出て行くときに、クロエは自分を馬鹿だと思った。ナタリーと特別親しい関係を持ちたいとあれほど望んでいたのに、今やこうして、馬鹿女と思われてしまった。とはいえ、彼女がショックを受けたのはほんとうだった。それを言ったっていいのではないだろうか？　それに、なにか変なものがあった。彼女はマルキュスが嫌いというわけではなかったし、気持ち悪いとも思っていなかった。ただ女といっしょにいるところを想像できなかったのだ。彼のことはずっと男性類の中のUFOのように思っていた。一方、ナタリーは彼女の目にいつも一種の理想の女性のように映っていた。だから彼らの結びつきは彼女を混乱させ、本能的な反応をしてしまったのだ。自分が不躾なことをしたのは分かっていたが、みんなに「それで？　それで？　なにか知ってる？」と訊かれると、彼女は自分の特権的な立場に価値があるのではないかと感じたのだ。そして、ナタリーの拒絶はたぶん彼女を他の人たちに近づけるだろうと感じた。

87

マルキュスに会いに行くために他の社員たちが使った口実

今年の夏はスウェーデンに妻を連れて行こうと思うんだ。アドバイスしてくれないか?

＊

消しゴム貸してくれないか?

＊

あ、失礼。室《へや》を間違えちゃった。

＊

まだ114をやってんの?

＊

おたくのイントラネット、動いてる?

＊

君の同国人、三部作の成功を見る前に死んじゃったってのはあんまりだよね。

88

午後の真ん中あたりに、ナタリーとマルキュスはいっしょに休みをとって、屋上へ行った。そこはふたりの避難場所、ふたりの隠れ家になった。最初に目と目を見交わして、何かふつうでないことが起こっていることが分かった。ふたりとも他人の好奇心の対象になっているということだ。ふたりはこの馬鹿騒ぎを笑い始め、抱き合った。これが言葉を使わない世界で一番良い方法だ。ナタリーは今晩また会いたいと囁いて、今晩が今だったらいいとまで思った。それは美しく、優しく、思いがけない激しさだった。マルキュスは困って、今晩は空いていないのだと言った。それは残酷なバランス関係だった。彼にはナタリーと離れて過ごす毎秒が無意味なものに思えてきていたのに、社長との夕食をキャンセルするわけにはいかなかったのだ。ナタリーは驚いて、何があるのか敢えて訊かなかった。とりわけびっくりしたのは、突然、待つという弱い立場に置かれたことだった。マルキュスはシャルルと食事するのだと説明した。

「今晩？　夕食を申し込まれたの？」

このときには、彼女は笑うべきなのか怒るべきなのか分からなかった。シャルルには、彼女に断りなしに彼女の部下と食事する権利はないはずだった。彼女はすぐに、これは仕事とは何の関係もないと分かった。マルキュスはそれまで、社長の突然の動機について細かく考えてみようとはしていなかった。なんのかんの言っても、彼が114で良い仕事をしたということは納得できたのだ。

「で、なんであなたを誘ったのかは言ったの？」

「うぅ……ああ……僕の健闘を称えてくれるんだって……」

「変だと思わない？　社長が健闘を称えたいと思う社員のひとりひとりと夕食してるところを想像できる？」

「あのね、あの人はものすごく変な人に見えたから、彼が何をしたって僕には変には思えないんだよ」

「それはそうね。あなたの言うとおりよ」

ナタリーはマルキュスが物事を捉えるやり方をすごくいいと思った。それは馬鹿正直さと取れるものでもあったが、そうではなかった。彼には幼年時代が持つ優しさのようなものがあって、思いつく限り奇想天外なものも含めて様々な状況を受け入れる能力があった。彼は彼女に近づいてキスをした。彼らの四回目のキスで、一番自然なものだった。関係が始まったころには、ひとはキスするごとにそれを分析できる。すべてが記憶のなかで完全に独立しているのだが、何度も繰り返されるうちに、ゆっくりと他と見分けがつかないものになっていくのだ。ナタリーはシャルルについて、また彼のグロテスクな動機について、何も言わないことに決めた。マルキュスはこの夕食の裏に隠されているものを自分で見抜くだろう。

89

マルキュスはいったん急いで家に戻り着替えをした。というのは二十一時まで、社長との約束の時間にならなかったからだ。彼は、いつものように、どの上着を着ようかと迷った。そして一番仕事っぽいものを選んだ。ちゃんとした服、もっと言ってよければ陰鬱な服だ。彼はバカンスに出た葬儀屋みたいになった。RERに再び乗るときに、問題が起こった。もうすでに乗客たちが騒ぎ始めていた。情報はなかった。火事か？　自殺未遂か？　誰も確かなことは知らなかった。パニックはマルキュスの車両にも及び、彼は社長を待たせることになってしまうと考えて気を揉んだ。そして、それは事実になった。シャルルは十分ほども前から席についていて、赤のグラスワインを飲んでいた。彼はイライラしており、とてもイライラしており、なぜなら誰にもこんなふうに待たされたことはかつてなかったからだ。しかも今朝までその存在を知らなかったような一介の社員に。しかし、このむしゃくしゃのなかに、他の感情が生まれていた。朝持ったのと同じ感情、だが今回はもっと大きな力をもってぶり返してきた。一種の幻惑のようなものだ。あの男は本当になんでもできるのだ。こんな約束に、誰が遅れて来ることができるだろう？　誰が社長をこんなふうに馬鹿にする能力があるだろう？　言うことはもう何もない。あの男はナタリーにふさわしいのだ。それは異議の唱えようがない。それは数学的だ。化学的だ。

ときたまあることだが、遅れてしまうと、もう走っても仕方がないと思う。三十分でも三十五分でもまったく同じだ。だったらちょっと待ち時間を増やしたっていいから、汗まみれになって到着するのを避けよう。マルキュスもそう決めた。彼は息を切らして、真っ赤になって現れたくなかった。彼はよく分かっていたのだ。ちょっと走るとそれだけで、新生児みたいになってしまうと。そういうわけで、メトロを出ると、これほど遅れたことを考えて恐怖した（しかも知らせてお詫びをすることもできず、というのは社長の携帯番号なんて持っていなかったから）けれども、歩いた。そしてこのようにして彼は夕食の場に、約束のほとんど一時間後に、落ち着いて、非常に落ち着いて現れたのだ。黒い上着がその出現の効果、ほとんど葬式のような効果をさらに引き立てていた。それはちょっと、ヒーローたちが黙って暗がりから出現するフィルム・ノワールのようだった。シャルルは、待ちながら、ほとんどワインのボトルを終えたところだった。それは彼をロマンチックに、ノスタルジックにしていた。彼はマルキュスがＲＥＲについてした弁解も聞いていなかった。彼が現れたこと自体が、天の恵みのように思えたのだった。

そしてこの晩はこの第一印象が支配するなかで進んでいくことになる。

90

『黒い靴の大きなブロンド男』のなかで
ピエール・リシャールについてベルナール・ブリエが言ったこと

彼は強い、彼はとても強い。

91

夕食の間中、マルキュスはシャルルの態度に驚かされ通しだった。ぶつぶつ、べらべら、せかせかしゃべった。文章をひとつとしてちゃんとおしまいにすることができなかった。突然笑い出すことがあったが、それは絶対に、相手が面白いことを言ったときではなかった。現在の瞬間そのものとタイムラグを起こしているようだった。マルキュスはとうとう思い切って言ってみた。

「大丈夫ですか？」

「大丈夫？　私が？　君、昨日から、ずっといいよ。とくに今だ」

この脈絡のない返事を聞いて、マルキュスは思ったとおりだと感じた。実はシャルルは完全に頭がおかしくなったわけではない。ときたま閃光のように頭がはっきりするときには、分別を失っていることをちゃんと感じていた。ただ、自分をコントロールできなかったのだ。彼はショートしてしまっていた。目の前に座っているスウェーデン人が、彼の人生を、彼のシステムを狂わせてしまった。彼は現実に戻るために闘っていた。マルキュスは、過去に格別刺激的な経験もなかったもので、この夕食は自分の人生で最悪のものだともう少しで考えるところだった。確かに最悪と言えた。しかしながら、同情のようなものが、この溺れかけている男を助けたいという気持ちが広がっていくのが抑えられなかった。

「僕にできることは何かありませんか？」

「うん、もちろんマルキュス……考えてみるよ、ありがとう。ほんとにさ、君は親切だ……見れば分かる……私を見るその目が……私に判断を下していない……私にはみんな分かる……みんな分かるよ、今や……」

「なにが分かるんですか？」

「ナタリーのことがだよ。君を見れば見るほど、私にないものがよく分かる」

マルキュスはグラスを置いた。これはみんなナタリーと関係のあることなのではないかと思い始めたところだったのだ。思いがけず、最初に感じたのは安堵だった。初めて、彼女のことを話しかけられたのだ。まさにこの瞬間、ナタリーはようやく幻想の領域から逃れ出て、彼の人生の現実の領域に入ったのだった。

シャルルは続けた。

「彼女が好きなんだ。私が彼女が好きだって、知っていたか？」

「社長は飲みすぎていらっしゃるんだと思いますよ」

「だからなんなんだ？　酔っ払ったからって何も変わるわけじゃない。頭ははっきりしている。とても現実的だ。はっきりしていて、私が何者でないか分かってる。君を見ていると、自分がどこまで人生に失敗したかが分かる……どこまで上っ面のことばかりだったか、それと妥協に次ぐ妥協……狂ってると思うかもしれないが、これから君に、誰にも言ったことのないことを言う。私は、アーチストになりたかった……そう、知ってるよ、そういう歌があるってことは……でもほんとなんだ、小さいころ、小舟の絵を描くのが大好きでね……そうしてると幸せだった……ミニチュアのゴンドラのすばらしいコレクションを持っていてね……何時間もかけてそれを絵に描いたもんだ……どんな細かいところも正確に描こうとして……どんなに絵を描き続けたかったたか……あんなふうに、静かに熱狂して人生を送りたかった……でもその代わりに、一日中クリスプロールを詰め込まれて、……そしてこんな日々がきりもなく続く……どの日もどの日も中国人の顔みたいにみんなよく似ていて……そして私の性生活ときたら……妻は……いやこのことは……やっぱりこれは話したくない……こんなこととみんな、今、分かったんだ……君を見ていると、分かるんだ……」

シャルルは突然ひとり語りを中断した。マルキュスは困った。知らない人の打ち明け話を聞くのはいつだって難しいものだが、ましてや話しているのは彼の会社の社長なのだ。雰囲気を和らげようとするにはもはやユーモアしか残っていなかった。

「僕を見つめてるとそんなのがみんな見えてくるのかなぁ？　僕って、ほんとにそんな影響あるんでしょうか？　まだほんのちょっとしか時間がたってないのに……」

「それに、君にはユーモアのセンスがある。君は天才だよ、ほんと。マルクス、アインシュタイン、そして今や君だ」

マルキュスはこの少々大げさな言葉に返す言葉が見つからなかった。運よく、給仕が現れた。

「お決まりになりましたか？」

「うん、私は肉を」と、シャルルは言った。

「レアでね」

「で、僕は魚を」

「かしこまりました」と言って給仕は去ろうとした。

二メートルも行ったか行かないところで、シャルルが呼び止めた。

「いや、私もこの人と同じものにする。魚にしてください」

「了解しました」と、給仕は言って去った。

しばらく沈黙した後で、シャルルは告白した。

「私はみんな君と同じようにすることにしたんだ」

「みんな僕と同じように？」

「うん、なんていうか、師と仰ぐことにする」

「でも、僕のようになろうと思うなら、大してすることはないですよ」

「そうは思わないね。たとえば君の上着だ。私も同じのを持ってたらいいなと思うんだ。私は君の服の着方を真似たいね。君の服の着方はユニークだからね。なにもかも考えてある。何も偶然に任せていないのが見て分かるよ。それって女たちには大事だろう、な？」

「うぅ、そうですね、僕は分かりませんが。お貸ししてもいいですよ、お望みなら」

「それだ！　それが君なんだ、そういうところが。親切が人間になったみたいなんだ。私が君の上着が好きだと言ったら、次の瞬間にはもう貸してくれようと言う。優しいね。私は十分に他人に上着を貸してこなかったことが分かる。生涯を通じて、私は上着に関してとてつもなくエゴイストだったよ」

マルキュスは、自分が何か言うと必ずすばらしいことになってしまうのが分かった。自分の前にいる男の目にはフィルターがかかっていて、なんでも賞賛、言い過ぎてもよいなら崇拝の眼差しで見ているのだ。シャルルはまだ続けようとした。

「もっと君のことを話してくれ」

「正直言いますとね、僕はあまり自分はどういう人間かなんて考えないんです」

「それだ！　そこなんだ！　私の問題は、考えすぎるところなんだ。私はいつでも他人がどう考えているかと思っている。もっとストイックにならなければ」

「それなら、スウェーデンで生まれるべきでしたよね」

「ああ！　面白いよ！　そんなふうに面白いこと言うにはどうしたらいいのか、私に教えてくれなきゃいけない。なんてうまいことを言うんだ！　私は君の健康のために乾杯するね！　もう一杯、注ごうか？」

「いえ、僕はもう十分飲んだと思います」

「またなんてセルフコントロールのセンスがあるんだ！　そうか、じゃあ、私は君のようにしないことにする。ちょっと例外を認めることにする」

給仕がそのとき、魚の皿をふたつ持ってやって来て、「どうぞ召し上がれ」と言った。二人は食べ始めた。急に、シャルルは皿から頭を上げた。

「私はほんとうに馬鹿だった。こんなこと、みんな馬鹿げている」

「どうしたんですか？」

「魚は大嫌いなんだ」

「あ……」

「それに、もっと悪いことがあるんだ」

「それは？」

「うん、私は魚にはアレルギーがあるんだ」

「……」

「つまりそういうことだ。私は決して君のようにはなれない。決してナタリーとは付き合えない。みんな、みんな魚のせいだ」

92

魚アレルギーに関するいくつかの技術的詳細

魚アレルギーというのはそんなに珍しくはない。わが国では第四位につけている。このアレルギーの患者の場合、特定の一種類の魚のみにアレルギーがあるのか、複数の魚にアレルギーがあるのかを知ることが大切である。現実には魚アレルギー患者の半数は一種類の魚だけのアレルギーで、残りの半数は他の魚にもアレルギーがある。そのため、皮膚検査をして、多種類魚アレルギーであるかどうかを調べるが、皮膚検査が十分でないときには、経口検査を（問題の食物を食べてみて）することもある。いくつかの特定の魚は、他の魚よりもアレルギーを起こしにくいのではないかと考えることもできる。この点に答えるため、ある研究チームは、九種類の魚の併発反応性を比較した。マダラ、サケ、タラ、サバ、マグロ、ニシン、オオカミウオ、オヒョウ、カレイである。マグロとサバ（ともにサバ科）は他の魚との併発率が最も低かった。平べったい魚、オヒョウとカレイはその次であった。反対に、マダラ、サケ、タラ、ニシンおよびオオカミウオは、高い併発性を示した。つまり、この中のひとつにアレルギー反応を起こしたら、他の魚にもアレルギーを起こす可能性が高いということだ。

93

魚のことが分かった後では、夕食は沈黙の世界に沈んでしまった。マルキュスは何度か会話を再開しようとしてみたが、無駄だった。シャルルは何も食べず、飲んでばかりいた。彼らはもう何も言うことがなくなった夫婦のようだった。そういう夫婦は、それぞれ勝手に自分だけの妄想に耽るままにしている。時は何事もなくゆっくり過ぎていく（ときとして何年もが）。

ひとたび外に出ると、マルキュスは社長を支えなければならなかった。こんな状態で運転することはできない。彼は社長をできる限り早くタクシーに乗せたかった。大急ぎで、この晩の苦難を終わりにしたかった。しかし、まずいことに、夜の冷えた空気がシャルルを立ち直らせてしまった。もう一度、始まった。

「私を置いていくな、マルキュス。私はまだ君と話したい」

「でももう一時間も、何もおっしゃらないじゃないですか。それに飲みすぎですよ。帰ったほうがいいです」

「おぅ、そう硬いこと言うのはよそうよ！　疲れるなあ、ほんとに。最後の一杯をやろうじゃないか、それで終わりだ。これは命令だぞ！」

マルキュスは従うしかなかった。

二人は年配の人間がちょいといかがわしいやり方で触れ合っているような場所に行った。そこは厳密に言えばクラブではなかったが、似たようなものだった。二人はピンクのベンチシートに腰かけて、ハーブティーを注文した。後ろには、ちょっと危ないリトグラフがかかっていて、一種の静物画だったが、それは本当に死んだような絵だった。シャルルは今は、少し落ち着いているようだった。再び落ち込みが始まった。顔には、深い倦怠が影を落としていた。過ぎた年月を思っては、ナタリーが悲劇が起きた後、戻って来たときのことが思い出された。あの傷ついた女性の像がちらちらした。なぜ、記憶には、ちょっとした何でもないことや仕草がこれほど深く刻み込まれ、そんな、とるに足りない瞬間が、ひとつの時代の中心になるのだろう？　彼の思い出の中ではナタリーの顔ばかりが輝いて、キャリアと家族生活の影は薄くなっていた。ナタリーの膝についてなら一冊の本が書けそうだったが、自分の娘のこととなったら、お気に入りの歌手の名前を挙げることもできなかった。あのころ、彼は悟ったつもりだった。彼女は他の男と付き合える状態ではないのだと。しかし、心の奥底では、絶えず期待していたのだ。それが今日、すべてがなんの意味もなくなって見えた。彼の人生は惨めだった。彼は苦痛に胸をふさがれる思いがした。スウェーデン人たちは金融危機のせいできつくなった。アイスランドは破産寸前で、確かだと思われていたことの多くが揺らいでいた。社長というものに対する憎しみが増大しているのも感じていた。他の会社のように、彼ももしかしたら次の労働争議で監禁されるかもしれない。それに妻のことがあった。妻は彼を理解してくれなかった。二人はあまりにも金のことばかり話したので、彼は彼女を債権者と間違えることがあるくらいだった。すべてが味気ない世界のなかで交わり合い、そこでは色っぽささえもただの名残であって、誰もハイヒールの踵で音をたてる時間をとろうとはしないのだった。毎日の沈黙は永遠の沈黙を告げていた。ナタリーが他の男と付き合い始めたと知って、足元が揺らいだのは、そういうわけだった……。

彼はこれらのことをみな、とても誠実に語った。マルキュスはナタリーのことを話さなければならないのだと分かった。女性の名前ひとつ、そして夜は限りなく長く思われた。しかし彼女についで何を言うことができただろう？　彼女のことをほとんど知らなかった。彼は正直にこう言ってしまうこともできただろう。「間違えていらっしゃいますよ……付き合ってるなんてほんとは言えるようなもんじゃないんです……今のところ、三、四回キスしただけで……それにとっても変な話なんです……」でも、彼の口からは音が洩れなかった。彼女のことは話しにくい、そのことに今気づいた。社長は彼の肩に頭をもたせかけて、彼に告白をうながしていた。そこでマルキュスは自分のほうも、自分なりのナタリーとの関わりを語ろうと努力した。ナタリー的全時間の自分流解釈だ。思いがけなくも突然、幾多の思い出が襲ってきた。もうずいぶん前になるフラッシュのような瞬間、あのキスよりもずっと前のものだ。

それにも始まりというものがあった。就職の面接で会ったナタリーだった。彼はすぐに「こんな女性と仕事するなんておれには絶対できっこない」と思った。面接はうまくいかなかったが、ナタリーはスウェーデン人を雇えという指示を受けていた。マルキュスはだから、スウェーデン人枠のおかげで採用されたのだった。彼はそのことをまったく知らなかった。何カ月もの間、ナタリーの第一印象がまとわりついた。今思うと、彼女が髪を耳の後ろにかき上げたときの手つきだと思う。あの動きが彼を夢中にさせたのだ。ミーティングのとき、もう一回あれをやってくれないかなと期待したが、駄目だった。あれはただ一回だけの天の恵みだったのだ。他の仕草のことも考えてみた。テーブルの隅に書類を置く手つき、何か飲む前にすばやく唇を濡らすこと、二つの文の間で息継ぎするために取る間《ま》、それからたまに聞く、彼女のsの発音の仕方、あれは、もう仕事が終わるころに聞くことが多い。そして彼女が挨拶するときの、ありがとうと言うときの微笑み、それから彼女のハイヒール、おぉ、そうだ、彼女のふくらはぎを一層引き立てるハイヒール。彼は会社のカーペットが大嫌いだった。ある日、「いったいどこのどいつがカーペットなんてものを発明したんだ?」と思ったことさえある。そんなこんながまだまだあった。そう、すべてが今、彼のもとに戻って来て、マルキュスは自分の中にはナタリーに魅惑された経験がたくさん積み重なっていたことに気がついた。彼女のそばで一日一日を過ごすうちに、彼の心は、その帝国の広大な領土を、知らず知らず征服されていたのだ。

どれほどのあいだ、彼女のことを話していただろう? それは分からなかった。首を回すと、シャルルが眠りこけていた。お話を聞きながら眠ってしまう子どものように。風邪を引かないようにと、繊細な心遣いをして、マルキュスは自分の上着をかけてやった。再び沈黙に戻って、権力者だという幻想を自分が抱いていた男をしみじみと見た。しょっちゅう、肺が締め付けられているように小心翼々としていた彼、しょっちゅう他人の人生を羨ましく思っていた彼だったが、どちらが不幸せかと言ったら自分でないことが分かった。毎日の決まりきった生活だって気に入っていた。彼はナタリーと付き合いたいと思っていたけれども、そうできなかったとしても、挫けて立ち直れなくなったりはしなかった。神経質で傷つきやすくなるときもあったが、マルキュスにはなにがしかの強さがあった。一種の安定性、落ち着き。何か、日々が危険に陥らないようにするもの。すべてに意味がないなら、なんでがたがた騒ぐ必要があるものかと、彼はときどき思ったのだが、それはおそらくシオランの読み過ぎで養われたものだったのだろう。生誕の災厄に意識的になれば、人生は美しくなりうる。眠っているシャルルを見ていると、こんな自信が首をもたげ、ますます大きくなっていくのだった。

五十代の女性が二人、彼らに近づいて来て、話しかけようとしたが、マルキュスは音をたてないようにと合図をした。そこはしかし、音楽のかかった場所だったのだが。シャルルはとうとう身を起こし、目を開いて回り中ピンク色に囲まれているのを見て驚いた。面倒を見てくれているマルキュスの顔を見、自分の上に黒い上着がかけられているのに気づいた。彼は微笑んだが、この微かな表情の動きで頭が痛かったことを思い出してしまった。もう帰るべき時間だった。すでに夜が明け始めていた。そこで二人はいっしょに会社へ行った。エレベーターを出たところで、二人は握手をして別れた。

94

しばらくたって、マルキュスはコーヒー自販機に向かった。彼はすぐに、他の社員が彼に道をあけることに気がついた。紅海を前にしたモーゼ。この暗喩は誇張だと思うかもしれない。しかし何が起こっていたか考えてみてほしい。マルキュス、目立たなくてぱっとしない一社員、つまらない男と思われていた彼が、一日のうちに会社で一番の美人のひとり、もしかしたら会社一の美人（しかもさらにすごいことには、浮いたこととは決別したと評判だったこの女性）とデートし、社長と夕食をしたのだ。二人が今朝いっしょに会社に着いたのさえ見られていた。根も葉もない噂が立てられるには十分。一人の人間にこれだけのことが集中するとは。みんなが彼に挨拶し、やあ今日は元気とかファイル114はうまく進んでいるかい、などと言った。突如として、このろくでもないファイルが関心の的になり、マルキュスの呼吸するところどこでも他人の興味を惹くようだった。そのせいでマルキュスは、午前も半ばになるとめまいがしそうになった。徹夜した上に、こんな変化はあまりにも乱暴だった。まるで急に、何年にも及ぶ不人気を何分かに凝縮して回復したかのようだ。もちろん、こんなことがみんな自然であるはずがない。きっと理由が、なにかいかがわしいことがあるに違いなかった。ひとは彼がスウェーデンのスパイだと言い、大株主の息子だと言い、重い病気だと言い、故国ではポルノ映画の俳優として有名だと言い、人類を代表して火星に行くために選ばれたと言い、ナタリー・ポートマンと親しい人間だと言った。

95

一九八七年一月十八日
ブリュノ・マジュールのテレビ番組に出た
イザベル・アジャーニの宣言

「近頃、私が酷いと思うのは、こういうところにきて〝病気じゃありません〟って言わなければならないことです。まるで〝罪は犯しておりません〟って言うみたいに」

96

ナタリーとマルキュスは落ち合って昼食に行った。マルキュスは疲れていたが、目は大きく開いていた。ナタリーは夕食が一晩中続いたと聞いてびっくりした。もしかしたらこの男にかかると、ことはいつもそんなふうになるのだろうか？　予想もつかないことになるのがふつうなのか。笑ってしまえたらよかっただろう。けれど彼女は自分の目に映ったものがあまり好きになれなかった。ふたりをとりまく騒ぎに神経を尖らせ、嫌な気持ちになった。フランソワの葬式の後の、人々のこせこせした態度を思い出した。ひとが同情を示してくれるのが彼女にはうるさく感じられたこと。突飛な思いつきかもしれないが、彼女はそこに対独協力時代の名残のようなものを感じた。人々の反応を見て、彼女は「また戦争が起こったら、きっとまったく同じことが起こる」と思った。こんな感覚はたぶん大げさではあろう。しかし、一種の悪意と結んで噂が伝わるその速さは、あの不穏な時代とどこかつながり、嫌悪感を催させたのだった。

彼女はなぜマルキュスとのロマンスがそんなに他人の興味を惹くのか分からなかった。それは彼だからなのだろうか？　彼が発散しているもののせいか？　この結びつきがあまり理性的なものでないとみんなが思うということだろうか？　けれどそれはおかしな話だ。人と人との親和力以上に論理的でないものがあるだろうか？　最後にクロエと話してからというもの、ナタリーの怒りは鎮まらなかった。みんな自分を何様だと思っているのだろう？　彼女は人々のちょっとした視線も敵対行為のように受け止めた。

「私たちちょっとキスしただけで、みんなが私を嫌っているような気がするの」

「僕は、みんなが僕に憧れてるみたいに！」

「そりゃおかしいわね……」

「気にしなきゃいいんだよ。メニューを見て。そういうことが大事なんだよ。前菜はロックフォールとチコリにするか、それとも本日のスープ？　大事なのはそれだけだよ」

彼はおそらく正しかった。しかし、彼女は気楽になれなかった。彼女はなぜ自分がこんなに激しく反応するのか分からなかった。それが自分の恋愛感情の誕生に結びついていることに気づくにはたぶん時間が必要だったのだろう。彼女が攻撃性に変えていたのは、めまいのするような感覚だった。全員を敵に、とりわけシャルルを敵に回すこと。

「ねえ、考えれば考えるほど、シャルルのしたことって恥ずべきことじゃないかしら」

「僕は、彼は君が好きなだけだと思うけど」

「そんなのあなたを相手に馬鹿げた芝居をする理由にはならないわ」

「ちょっと落ち着いたら。そんな大したことじゃないよ」

「落ち着くなんてできないのよ……」

ナタリーは昼食の後シャルルに会いに行って、お芝居をやめるように言うと言った。マルキュスは彼女の決意を邪魔するのはやめておこうと思った。しばらく黙っていたら、彼女のほうから言った。

「ごめんなさい。カッカしちゃって……」

「別にいいよ。それに、分かってると思うけど、みんなすぐ忘れるよ……二日もすればもう僕たちのことなんか話さなくなるさ……新しい秘書が来るんだ。そしたらベルティエがちょっかい出すと思う……そしたらもう……」

「そんなのスクープにならないじゃない。動くものなら何にでも手を出すんだから」

「まあ、それはそうだけど、今回は違うよ。経理の女の子と結婚したばかりだもの……ちょっとした話題にはなるさ」

「私が感じてるのは、道が分からなくなってしまったってことなの」

彼女はこの言葉をぶっきらぼうに言った。なんの脈絡もなく。本能的に、マルキュスはパンの身を手にとって、手の中でぼろぼろにし始めた。

「何やってるの?」とナタリーが尋ねた。

「『親指太郎』みたいにしてるのさ。道に迷ったなら、後ろにパン屑をまいておくといい。こうしておけば、帰り道が分かるからね」

「戻って来るのはここ……あなたのところね?」

「うん。僕がお腹がすいて、待ってる間にパン屑を食べることにしてしまわなければね」

97

マルキュスとのランチでナタリーが前菜に選んだもの

本日のスープ*1

98

シャルルはもうまったく、マルキュスと夜を過ごした男ではなかった。午前中に、彼は素面《しらふ》に戻り、自分の態度を後悔した。いったいどうしてあのスウェーデン人に会ってあそこまで自分を

1　このスープに関する正確な情報は得ることができなかった。

見失ったのだろうと彼は自問した。自分は幸せでなかったかもしれないし、色々な悩みを抱えていた。しかしだからといってあんなことをする理由にはならない。それになにより人が見ている前で。彼は恥ずかしかった。それが彼を暴力的な行動に押しやろうとしていた。あまり輝かしくないセックスのあとで情夫が攻撃的になることがあるように。彼は自分の中に、戦いの微粒子がふつふつと沸いて来るのを感じた。彼は腕立て伏せを始めようとしたが、まさにそのとき、ナタリーが入ってきた。彼は起き上がった。

「ノックするべきじゃないか」と、彼は乾いた声で言った。

彼女は彼のほうへ、マルキュスにキスしたときに近づいていったのとまったく同じようにして近づいていった。が今度は、平手打ちを喰わせるためだった。

「これでいいわ」

「いったいなんだこれは！　これを理由に君を解雇できるぞ」

シャルルは自分の頬に触れた。そして震えながら脅しを繰り返した。

「そしたら私はあなたをセクハラで訴えるわ。私に送ってきたメールを公開してほしいの？」

「でもいったいなんでそんな話し方をするんだ？　僕はいつだって君の生活は尊重してきた」

「ああ、そうですか。あんたのおふざけをやって見せたらいいわ。あたしと寝たかっただけでしょ」

「率直に言うが、君の言ってることは分からないね」

「あたしは、あんたがマルキュスとしに行ったことが分からないわ」

「でも私には社員と夕食する権利があると思うよ！」

「そうね、もう十分！　分かったわね？」彼女は怒鳴った。


信じられないほどすっきりした。できるならもっと荒れ狂いたいところだった。彼女の反応は過剰だった。そうやってマルキュスとの領域を守ることで、彼女は自分の動揺を外に表していた。いまだにはっきりとつかめていない動揺を。辞書《ラルース》の終わるところに、心は始まる。そしておそらく、だからこそ、ナタリーが会社に戻ってきたときに、シャルルは定義を読むのを止めたのだ。言うべきことは何もなく、ただ原始的な反応に語らせるだけなのだ。


彼女が社長室を出て行こうとしたとき、シャルルが告げた。

「僕が彼と食事をしたのは、彼がどういう人物か知りたかったからだ……どうして君があれほど醜い、あれほどつまらない男を選んだのかを知りたかったんだ。君が僕をはねつけたのは分かる。だけどこれは、ねえ、僕は決して分からない……」

「黙りなさい！」

「僕がこのままにしておくと思うか。たった今株主たちに電話したんだ。もうすぐ君の愛しいマルキュスはとても重要な申し出を受けるだろう。断るのは自殺行為だ。ただひとつの難点は、ストックホルム勤務になること。だが、彼が受け取ることになる補償手当のことを考えたら、躊躇は時間の問題だ」

「あなたって哀れだわ。私は彼についていくために会社を辞めることだってできるのよ」

「それはできない！　僕が禁止する！」

「ほんとに、気の毒になるわ……」

「君はフランソワのためにもそんなことはできないはずだ！」

ナタリーは彼をまじまじと見つめた。彼はすぐに謝りたくなった。言い過ぎたことが分かっていた。しかし、彼は動けなかった。彼女も動けなかった。この最後の言葉は彼らを硬直させてしまった。彼女はとうとう、何も言わずに、ゆっくりとシャルルの室《へや》を去った。彼はひとり残され、手元には彼女を完全に失ったという確信だけがあった。彼は窓に歩み寄り、目の前の虚空を眺め、ある強い誘惑を感じた。

99

自分の席に戻ると、ナタリーは手帳を調べた。クロエに電話して、全部のアポイントをキャンセルするように言った。

「でも、それは無理です！　一時間後の委員会の司会はなさらなければ」

「ええ、知ってるわ」ナタリーは続けさせなかった。「いいわ、あとでまたかけるわ」

彼女は電話を切ったが、どうしたらいいか分からなかった。それは大切な会合だったし、彼女は長い時間をかけて準備をしたのだ。でも、あんなことがあった後で、もうこの会社で働けないことは分かりきっていた。彼女は初めてこの建物にやって来たときのことを思い出した。まだ若い女の子だった。最初のころのこと、フランソワのアドバイスを思い出した。それはもしかしたら、彼がいなくなって一番つらいことだったかもしれない。突然、プツンと、彼と会話する時間が消えたこと。ふたりでお互いのことを話し合い、感想を言い合ったりする時間が死んだこと。彼女は再び、ひとり断崖の縁に立ち、弱さが広がっていくのを感じた。この三年、なによりも哀れなコメディーを演じてきたのだと感じた。心の奥底では、彼女は生きたいという確信を持ったことがなかったのだ。彼女はまた、夫の死んだ日曜日のことを思って、深い罪悪感を、根拠のない罪悪感を感じもした。彼を引きとめるべきだった。走りに行くのを邪魔するべきだったのだ。それが妻の役割ではないの？　男が走るのを止めさせるようにすることが。彼を引きとめ、キスし、愛するべきだった。本を置いて、読書をやめるべきだったのだ。彼が自分の命を壊すままにしてしまう代わりに。

彼女の怒りは再び現在に戻って来た。彼女はまだしばらく自分のデスクを眺め、それからいくつかのものをバッグに入れた。コンピューターを消し、引き出しを整理し、そしてその場を離れた。誰にもすれ違わず、言葉を一言も発せずにすんでよかったと思った。逃亡はひっそりと行われなければならない。彼女はタクシーをひろい、サン＝ラザール駅へ行き、切符を買った。列車が出発したとき、彼女は泣き始めた。

100

ナタリーが乗ったパリ発リジューー行きの列車の時刻

出発　一六時三三分　パリ　サン＝ラザール

到着　一八時〇二分　リジュー

101

ナタリーの失踪は、フロア中の動きをたちまち麻痺させてしまった。彼女はこの四半期で一番大事な会議を司会するはずだったのだ。なのに何の指示も残さず、誰にも知らせず、いなくなった。一部の者たちは廊下に出て文句を言い、彼女の職業人としてのモラルの欠如を云々した。ほんの何分かで、彼女の信用は無残にも地に落ちた。何年もの時間をかけて勝ち取られた評判が現在の超越的な支配に圧しつぶされた。彼女とマルキュスの関係は誰もが知るものだったので、彼のところへ来て「どこにいそうか知らないか？」と言う者がひきもきらなかった。知らないと白状しなければならなかった。それは「いや、彼女とは何も特別な関係はないんだ。彼女がいなくなったことについては、何も聞いていない」と言うのと、ほとんど同じことだった。そんなふうに認めなければならないのは辛かった。この新たな展開のために、彼は前日から集めていた尊敬を一挙に失おうとしていた。それは、彼がそんな重要人物ではなかったことを突然みんなが思い出すのと同じだった。そして人々はどうして、ほんの一瞬でも、彼がナタリー・ポートマンと親しいなどと信じられたのか疑問に思った。

彼は何度もナタリーと連絡を取ろうとした。が、駄目だった。彼女の携帯は電源が切られていたのだ。仕事は手につかなかった。同じところをぐるぐる回ることになった。室《へや》の狭さからしてそれはすぐに終わった。何をしようか？　ここ何日かの自信は急速に砕け散った。頭の中でランチをたどりなおしてみた。「大事なのは、前菜を何にするかだよ」彼はこんなようなことを言ったのを思い出した。どうしてあんなことを言ったんだろう？　考えても無駄だ。彼は力不足だったのだ。彼女は「道が分からなくなった」と確かに言ったのだ。それなのに彼は雲の上にいて、彼女に言ってやれたことと言えば、軽い言葉のいくつかだけ。「親指太郎！」いったいどういう世界に生きているんだ？　間違っても、逃亡するにあたって女たちが彼に行く先を残していくような世界でだけはない。なにもかも自分のせいに違いなかった。女という女は、彼から逃げてしまうのだ。もし見つかったら、彼女は尼さんになってしまうところだろう。彼と同じ空気を呼吸したくなくて、汽車か飛行機に乗ったのだ。彼は辛かった。不器用な振る舞いをしたことが辛かった。恋愛感情はなによりも罪悪感を持たせる感情だ。相手が傷ついていると、みんな自分が原因だと思ったりする。同じような狂気でもって、ほとんどデミウルゴス的に、自分が相手の心の中心にいると思ったりする。人の命が肺脈弁で囲われた器に還元されると思ったりする。マルキュスの世界はナタリーの世界だった。それはすべてを含み絶対的な世界で、そこでは彼がすべてに責任があると同時に何物でもないのだった。

その後、もっと分かりやすい世界もまた彼のもとに戻って来た。ゆっくりながら、彼は精神のコントロールを取り戻した。白と黒のバランスを取ることができるようになってきた。彼はふたりで過ごした時間の優しさを思い返した。あの優しさはちゃんと現実で、こんなふうにして消えてしまえるものではなかった。ナタリーを失う恐怖が彼の精神を曇らせていたのだ。怖れるのは彼の弱点だったが、この同じ弱点が彼の魅力にもなりうるものだった。このように弱さに弱さをつないでいくと、あるとき、強さに到達する。彼はどうすべきか分からず、もう仕事する気がせず、この日を理性的に考えられなかった。気が狂ったらいいのにと思い、彼もまた逃げ出して、タクシーをつかまえ、どこでもいいから最初に来た列車に乗ってしまいたかった。

102

人事部長から呼び出しがかかったのはそのときだった。まったくもって、誰もが彼に会いたがる。彼はいささかの不安も抱かずに出かけていった。権力のある上司だろうと金輪際、怖がらなくなってしまったのだ。すべてここ何日かに起こったことのせいだった。ボニヴァン人事部長は満面の笑みをたたえて彼を迎えた。マルキュスはすぐに、この笑みは大げさだと思った。人事担当者に一番大切なのは、まるで自分の人生が問題かのように、従業員のキャリアに関心を持って見えることだ。マルキュスはボニヴァンは部長になるだけのことはあると思った。

「あー、ランデル君……会えてうれしいですよ。前々から君には注目してきたんですよ……」

「あ、そうでしたか?」

マルキュスは、この男は彼の存在をたった今発見したばかりだと(そう思うのも当然だが)確信して答えた。

「もちろん……みなさんひとりひとりのキャリアがどれも、私には重要なんですよ……しかしあなたには特別愛着を抱いていると申し上げてもいい。決して波風を立てず、何も要求しない。つまり、私がこれほど注意深くなかったらですぞ、わが社にあなたがいることに気がつかなかったかもしれません……」

「あー……」

「あなたは、すべての雇用主が持ちたいと願うような社員です」

「それはご親切に。僕がここに呼ばれた理由を話していただけますか?」

「ああ、またあなたらしいですね! 効率、効率! 時間を無駄にしない! 誰もがあなたのようだったらですな!」

「それで?」

「つまり……率直に事情をお話ししましょう。幹部会はあなたに課長のポストを提供しているんですな。もちろん、結構な昇給付きで。あなたはわが社の戦略的人事異動の鍵を握る人物なのです……付け加えて言えば、私もこの昇進には満足しているんですよ……というのは前々から積極的に後押ししてきたものですからね」

「ありがとうございます……なんと申し上げたらよいか」

「では、もちろん、移籍のための手続きなどお手伝いさせていただきますよ」

「移籍？」

「はい。任地はストックホルムなんです。あなたのお国ですよ！」

「でも、スウェーデンになんて絶対帰りませんよ。スウェーデンに帰るくらいなら、職安に行ったほうがましだ」

「でも……」

「〝でも〟はありません」

「いや、あるんですな。あなたに選択の余地はないと思いますよ」

マルキュスは返事をする手間をとらず、一言も言わずに室《へや》を出た。

二〇〇三年末、ＡＮＤＲＨ*1をメンバーでない人事担当者に知らしめる目的で、パラドックス・サークルは色々な企業の人事担当者たちを月に一回、人材会館に集め、企業の様々な矛盾の中心に位置している人事部という部署の抱える問題を討論することにした。この月例の会合は巧妙なやり方で因習を打破しようとした。核心を突く問題を、非常にプロフェッショナルでありながらズレた調子で扱うのだ。ユーモアが歓迎され、紋切り型は不可*2！

104

普段、マルキュスは廊下をゆっくり歩いた。彼はいつも、廊下を歩くのは一種の休憩と考えていた。他の人だったら煙草を吸いに出るような具合に、「足をちょっとリラックスさせてくる」と言って立つことがあった。しかし今は、そんな悠長さとはきっぱりさっぱりお別れだった。彼はずんずん突き進んだ。彼がこんなふうに、怒りに突き動かされるように歩く姿はひどく奇妙だった。彼はモーターを闇改良したディーゼル車だった。彼の内に何か闇で替えられたものがあったのだ。彼の感じやすい心の糸、まっすぐ心臓に届く神経がいじられたのだ。

彼は乱暴に社長室に入った。シャルルはこの社員を見つめ、本能的に手を頬へやった。マルキュスは部屋の真ん中に突っ立って怒りを抑えていた。シャルルが口を切った。

「彼女がどこにいるか知っているか？」

「知りません。みんな僕にナタリーがどこにいるか訊くのはやめてください。知らないんです」

「クライアントから電話があったばかりなんだ。かんかんになってた。こんなことをしてくれるなんて、開いた口がふさがらないよ！」

「僕はよく分かりますね」

「私にどうしてほしいんだ？」

「あなたにふたつ、言いたいことがあります」

「早くしてくれ。忙しいんだ」

「ひとつめは、昇進の件ですが、お断りします。こんなことをなさるなんて、あなたも恥ずかしい真似をしたものだ。僕はあなたがどうやって鏡を見続けられるか分からない」

「私が鏡を見ると誰が言ったね？」

1　全国人事部長協会
2　二〇〇九年一月十三日火曜日の主題――「危機の時代における人材評価 - 個人優先か集団優先か？」一八時三〇分から二〇時三〇分。ANDRH、パリ八区、ミロメニル通り91番地

「いいですよ、あなたがなにをしようと知ったこっちゃない」

「で、ふたつめは？」

「辞職します」

シャルルはこの男の決断のあまりの早さに唖然とした。一瞬も躊躇しなかった。昇進を拒否して、会社を辞めた。こいつはまたどうしてこんなにまずい行動をとるのか？　いやそうじゃない。もしかしたらこれがこの男の望みなのか？　やつらの嘆かわしいロマンスごと、二人で逃げ出すことが。シャルルはマルキュスをじろじろ見たが、その表情の上に何も読むことができなかった。なぜなら、マルキュスの顔の上には、怒りが固まっていたから。そういうものがあると、どんな表情も読み取れなくなる。彼はしかし、シャルルのほうへ向かって歩いて来た。ゆっくり、途方もなく落ち着きはらって。今まで知らなかった力に押されるようにして。その姿に気圧《けお》されて、シャルルはどうにもこうにも怖くなった。本当に怖くなった。

「もはやあなたは僕の雇い主ではないのだから……僕はできる……」

マルキュスは言葉を最後まで言わなかったが、代わりに拳骨が最後を締めくくった。誰かを殴ったのはこれが初めてだった。そして、もっと早くこういうことをやればよかったと思った。物事を解決するのに、今まであまりにも言葉を捜しすぎたと思った。

「なんてことをするんだ！　狂ってるのか！」と、シャルルは怒鳴った。

マルキュスはもう一度彼に近づき、もう一度殴る真似をした。シャルルは恐れ戦いて後ずさりした。彼は自分の執務室の片隅に座り込んだ。そしてマルキュスが去ったあとも長いことその場に力なく留まっていた。

105

モハメド・アリの人生における一九六〇年十月二十九日
ルイスヴィルで、プロとしての初戦
タニー・ハンスエーカーに対し
判定勝ち

106

リジューの駅に着くと、ナタリーは車を借りた。もう長いこと運転していなかった。動作を覚えているか心配だった。天候にも恵まれず、雨が降り始めていた。けれども彼女は強い倦怠を感じていたので、今はなにも怖くなかった。どんどんスピードを上げて、細い道を、悲しみよこんにちはと言いながら走った。雨で視界が遮られた。ほとんど何も見えなくなることもあった。

何かが起こったのはそのときだった。走っている間に、一瞬、閃いたものがあった。彼女の眼にマルキュスとのキスシーンが蘇った。そのシーンが眼に浮かんだとき、彼のことを考えてはいなかった。まるっきり。それはいきなり何の予告もなく現れたのだ。彼女は、マルキュスといっしょに過ごした時間を思い出してみた。そのまま道を走り続けながら、彼に何も言わないで出てきてしまって悪かったと思った。なんでそのことに思い及ばなかったのか分からなかった。とにかくさっと出てきてしまった。こんなふうに職場を後にしたのはもちろん初めてのことだった。もう二度とあそこに戻らないことは分かっていた。彼女の人生の一ページが幕を閉じたのだ。もう次の場所へ行くときなのだ。とはいうものの、彼女はガソリン・スタンドで休憩することにした。彼女は車から出て、周りを見回した。見覚えのあるものは何もなかった。おそらく道を間違えたのだ。暗くなり始め、周りに家はなかった。そのうえ雨、これで絶望のイメージの古典的な三景が揃った。彼女はマルキュスにメッセージを送った。ただ、どこにいるかを彼に言おうと思ったのだ。二分後、彼女は返事を受け取った。「リジュー行きの最初の列車に乗る。君がそこにいてくれることを祈る」それからすぐに二番目のメッセージが来た。「今の、韻を踏んでいたね」

107

ギー・ド・モーパッサンの短篇

『接吻』からの抜粋

108

私たちのほんとうの力がどこから来るか、知っている？　接吻よ、たったひとつの接吻！

（……）接吻は、でも、前書きでしかないのに。

マルキュスは列車を降りた。彼も、誰にも言わずに出てきたのだった。ふたりは逃亡者として落ち合おうとしていた。駅のホールの反対側に、彼女がみじろぎもせずに佇んでいるのが見えた。彼はそちらに向かって、ゆっくりと、ちょっと映画の中のように歩き始めた。どういう音楽がバックに流れるかは簡単に想像できる。でなければ、音楽なしだ。そう、音楽はないほうがいいだろう。ふたりが息をする音だけが聞こえる。舞台が殺風景だなんてことは忘れてしまう。リジューの駅からでは、サルヴァドール・ダリだって絶対に着想を得られない。そこは空っぽで温かみがなかった。マルキュスは一枚のポスターを見て、それが「リジューのテレーズ」をテーマにした博物館の写真だと気がついた。ナタリーに向かっていく途中で、彼は考えた。「おや、おかしいな。リジューって、ずっとテレーズの苗字だと思ってたよ……」

そう、彼は本当にそんなことを考えたのだ。そんなことを考えているうちに、ナタリーはもう、彼のすぐ近くにいた。あのキスをした唇をして。けれども、その表情は固く閉じていた。彼女の顔はリジューの駅だった。

ふたりは車のほうへ向かった。ナタリーが運転席に座って、マルキュスは、助手席に座った。ナタリーはエンジンをかけた。会ってからまだ一言も言葉を交わしていなかった。ふたりは初めてのデートで何を言ったらいいか分からない少年少女のようだった。マルキュスは自分がどこにいるのかまったく見当がつかなかった。ナタリーがいれば、それで十分だった。しばらくして、沈黙に耐え切れなくなった彼はラジオのボタンを押すことにした。周波数はラジオ・ノスタルジーに合わせてあった。アラン・スーションの『逃げ去る愛』が車の中に響き渡った。

「まあ、信じられないわ！」とナタリーが言った。

「何が？」

「この歌よ。うそみたい。これは私の歌なのよ。それが今……こんなふうに」

マルキュスはカーラジオに優しい気持ちがわいて目を落とした。この機械のおかげでナタリーとまた話ができるようになったのだ。彼女はまだ、不思議だとかありえないとか繰り返していた。これは何かの徴なのだと。何の徴か？　さあ、それはマルキュスは教えてもらえなかった。この歌が連れに及ぼした効果には驚いた。けれど、人生には不思議なこと、偶然、巡り合わせといったものがあるのを知っていた。体験談を聞くと、合理性というものが疑わしくなってくるものだ。曲が終わると、ナタリーはマルキュスにラジオを消してくれと言った。ずっと愛してきたこの曲の余韻の中にいたかったのだ。映画、アントワーヌ・ドワネルの冒険の最終章を観て知ったこの曲。彼女はこの映画が作られたころに生まれた。そしてちょっと分かりにくい感覚かもしれないが、自分がその時の産物であるように感じていた。このメロディーの果実であるようにということだ。彼女の穏やかな性格や、ときどき感じるメランコリーや、軽さ、それらすべてが完全に一九七八年のものだった。これは彼女の歌だった。彼女の人生だった。その偶然に打たれたまま、彼女はなかなかもとに戻れなかった。

彼女は道の脇で車を停めた。暗くて、自分たちがどこにいるのか、マルキュスには見えなかった。ふたりは車を降りた。彼はそのとき、大きな柵に気がついた。墓地の入り口の柵だった。それから、その柵は大きいどころではなく巨大だということが分かった。これと同じようなものが見られるのは監獄の前だ。死人たちというのは確かに終身刑の受刑者とも言えるが、彼らが脱走するとは考えにくい。そのときナタリーが話し始めた。

「フランソワのお墓はここにあるの。子どものころは、このあたりに住んでいたの」

「……」

「もちろん彼は私に何も言わなかった。死ぬとは思っていなかったから……でも、私には分かったの。眠るならここにしたいと思っていたって……生まれ育ったところの近くにね」

「分かるよ」と、マルキュスは小さい声で言った。

「ね、面白いのよ、私も子どものころ、この辺にいたの。フランソワと知り合ってから、私たち、信じられない偶然の一致だと思った。子どものころに何百回もすれ違っていたかもしれないのに、一度も出会わなくて、パリで出会ったのよ。なんていうのかしら……誰かに出会うに違いないとき……」

ナタリーはそこで言葉を切った。が、その言葉はマルキュスの頭のなかで続いた。誰のことを話していたのだろう？　もちろんフランソワのことだ。でも、もしかしたら彼自身のことも？

言葉を二重に読むことで、その場所にふたりがこうしていることの象徴的な意味がますます強くなった。それは滅多にないような強さだった。彼らはふたり肩を並べて、フランソワの墓から数メートルのところにいた。終わらないことをやめない過去からの数メートル。雨がナタリーの顔の上に落ち、そのためどこに彼女の涙があるのか判別できなくなっていた。でも、マルキュスにはそれが見えた。彼は涙を読むことができた。ナタリーの涙を。彼は彼女に近づいて、腕に抱きしめた。苦しみを封印するように。

109

マルキュスとナタリーが車の中で聴いた
アラン・スーションの歌『逃げ去る愛』の二番

僕たちは続かなかった
ポロポロ、頬を伝う涙
僕らは別れる、理由なんてない

逃げていったのは愛
逃げていったのは愛
僕は眠り、レースにくるまれて、子どもがやって来た
出かける、戻って来る、立ち去る、ツバメのように
落ち着いたかと思うと、僕は2DKを出て行く
僕らの名はコレット、アントワーヌ、サビーヌ
僕の一生は、逃げていくものを追いかけること
いい香りのする女の子たち、涙の束、バラの花束
僕の母親も耳のうしろに
一滴つけていた、そんな香りの何かを

110

ふたりはまた道を続けた。マルキュスはカーブの多さに驚いた。スウェーデンでは道路はまっすぐで、目に見える目的地に向かって伸びている。彼はくらくらするばっかりで、ナタリーにど

こへ行くのか思い切って訊くこともできずにいた。そんなことがほんとうに大事だろうか？　言うと陳腐だが、彼は世界の果てまで彼女に着いていく気になっていたのだ。彼女は少なくとも、どこに向かって運転しているのか知っているのだろうか？　もしかしたら彼女はただ夜の中を突き進んでみたいだけかもしれない。忘れられたいと思って運転しているだけなのかもしれない。

とうとう車は止まった。今度は小さな柵の前で。これが彼らの彷徨《ほうこう》のテーマ？　柵の変奏曲というわけか。彼女は降りて柵を開けに行き、また車に乗った。マルキュスの頭の中では、ひとつひとつの動きが重要性を持って、それぞれ切り離されて独立しているように思われた。自分だけの神話の細部は、そんなふうに見えるものなのだ。車は細い道に沿って走り、一軒の家の前で止まった。

「ここは私の祖母のマドレーヌの家よ。祖父がなくなってからはひとりで住んでいるの」

「そうか。お会いできるのはうれしいよ」と、マルキュスは礼儀正しく答えた。

ナタリーはドアを叩いた。一回、二回、それからもう少し強く。何の反応もなかった。「少し耳が遠いのよ。ちょっと回ってみたほうがいいと思うわ。きっとリビングにいるから、窓からこっちが見えるわよ」

家を回るには、雨ですっかりぬかるみになった道を通らなければならなかった。マルキュスはナタリーにつかまった。彼にはもうあまり物が見えなかったのだ。彼女は方向を間違えたんじゃないだろうか？　家の壁と茨でいっぱいの茂みとの間には、ほとんど通るスペースはなかった。ナタリーは足をすべらせて、そのときにマルキュスもいっしょに引き摺った。今やふたりともどろんこでびしょぬれだった。「まるで探検隊」と言ったら、ふつうは仰々しい格好のことだが、これはみっともなくて笑えた。

「ここからは四つんばいでいくのが一番いいと思う」と、ナタリーは言った。

「そりゃいいね。君の言うとおりにするよ」とマルキュスは言った。

とうとう反対側にたどりつき、彼らは暖炉の火の前に座っているちっちゃいおばあちゃんを見た。彼女は何もしていなかった。この光景、ほとんど我を忘れて何かを待っている姿に心底マルキュスは驚いた。ナタリーは窓を叩いた。そして今度は祖母の耳に届いた。彼女の顔はぱっと輝き、窓を開けに飛んできた。

「まあ、ナタリー……ここで何をしてるの？　びっくりしたねえ！」

「おばあちゃんに会いたかったの……それにはこっちに回らなくちゃならなくて」

「ああ、そうだねえ。ごめんなさいね。前にもそういう人がいたわ。おいで、今開けてあげるから」

「いい、いい。ここから入っちゃうから。そのほうがいいわ」

ふたりは窓をまたいで、そしてとうとう中に入った。

ナタリーは祖母にマルキュスを紹介した。祖母は彼の顔に手を当てると、孫娘を振り返って言った。「優しそうな人だね」マルキュスはそこで大きくにっこりした。まるで「そうですよ。僕は優しいんです」と言うように。マドレーヌは続けた。

「私も昔マルキュスって人を知っていたように思うわね。それともポーリュスだったかしら……かシャルリュス……ま、なにか〝ュス〟で終わる名前だった……よく思い出せないけど……」

気まずい沈黙があった。「知っていた」で何を言おうとしたのだろう？　ナタリーは、にっこりして、祖母に体を擦り付けた。この二人を見ていると、マルキュスは小さな女の子だったナタリーを想像できた。彼女たちがいっしょにいると、そこに八〇年代があったのだ。しばらくして、彼は尋ねた。

「どこで手を洗えるかな？」

「あ、そうね。いっしょに来て」

ナタリーはドロで汚れた彼の手をとって、跳ねるように浴室へ彼を導いた。

そう、こういうところにマルキュスは少女っぽさを感じたのだ。こんなふうに走るなんて。現在よりも前に次の瞬間を生きようとするみたいな。なにか抑制の利かないもの。ふたりは今、ふたつ並んだ洗面台の前にいた。汚れを落としながら、ほとんど白痴のように微笑みを交わした。泡がいっぱいだったが、それはノスタルジーの泡ではなかった。マルキュスは考えた。こんなに手を洗うことが美しかったのは生まれて初めてだと。

着替えなければならなかった。ナタリーには、簡単なことだった。着替えが彼女の寝室に置いてあったのだ。マドレーヌはマルキュスに尋ねた。

「着替えはお持ち？」

「いいえ。急に出てきたもので」

「頭のひと振りで？」

「ええ、頭のひと振りで」

この「頭のひと振り」という表現を使ったことで、二人ともうれしそうだなとナタリーは思った。前もって考えていなかった行動というところがわくわくさせるようだった。祖母はマルキュスに洋服簞笥にある夫の服を探したらと勧めた。廊下の奥に彼を連れて行き、彼をひとり残して、好きなものを選ばせた。何分かすると、彼は半分ベージュで半分よく分からない色の上下を身につけて現れた。彼のシャツのカラーはあまりにも高くて、首が溺れていくような印象を受けた。このミスマッチの変な格好は彼の上機嫌をいささかも損なわなかった。彼はこんなふうに装ったことがうれしいような気がしたし、「ぶかぶかだけどいい気持ちだ」などと考えもした。ナタリーはけらけら笑い出し、涙が出るほど笑った。笑いの涙が、さっき苦痛の涙が乾いたばかりの頬に伝った。マドレーヌがマルキュスに近づいたが、彼女が向かっているのは人間よりも衣装のほうであるようだった。折り目のひとつひとつに、ひとつの人生の思い出があったのだ。彼女はしばらくの間、驚いている客のそばに、身動きせずに立っていた。

111

おばあちゃんというものは、おそらく戦争を体験しているせいで、真夜中にスウェーデン人を連れて乗り込んでくるような孫娘のために常になにかしら食べるものを用意しているらしい。

「ごはん食べてないでしょう。スープが作ってあるわ」

「あ、そうですか？　何のスープ？」とマルキュスは聞き返した。

「金曜日のスープ。説明できないわ。今日は金曜日だから、金曜日のスープ」

「ネクタイなしのスープですね」と、マルキュスが締めた。

ナタリーがそのとき彼に近づいた。

「おばあちゃん、この人、変なこと言うことがあるの。心配しなくていいからね」

「あら、私は一九四五年から心配なんてしたことないよ。だから大丈夫、さ、お座りなさい」

マドレーヌは生き生きしていた。夕食を準備するために発揮されたエネルギーと、さっき見た火の前に座っていた老女との間には目に見える落差があった。お客が来て、動く意欲が掻き立てられたのだ。彼女は手助けは一切いらないと言って台所で忙しく立ち働いた。ナタリーとマルキュスはこの小ネズミのハッスルぶりにほろっとした。パリ、会社、ファイル、なにもかもが今やずいぶん遠く感じられた。時間もまた消えていった。会社で過ごした午後の初めは、白黒の思い出になっていた。ただスープの名前の「金曜日」だけが、ふたりを日々の現実にほんの少し繋ぎとめていた。

夕食の時間は簡素に流れた。とくに話もせずに。祖父母の家というところでは、孫たちに会う魔法にかかったような幸せに、必ずしも長広舌は伴わない。元気でやっているかと訊き合うとたちまち、いっしょにいるという単純な喜びのうちに安らいでしまう。夕食の後、ナタリーは祖母を手伝って皿洗いをした。ここにいるとどれほど安らぐか、どうして忘れていたんだろうと彼女は思った。最近の幸せはみな、たちまち忘れ去られる運命だったかのようだった。だが、今度の幸せを引きとめる力は、今や持っていることが、彼女には分かっていた。

客間で、マルキュスは葉巻をふかしていた。煙草がほとんど我慢できない彼が、マドレーヌを喜ばせようと思ったのだ。「おばあちゃんは男の人が食事の後に葉巻を吸うのが大好きなの。わけは考えないで。あなたがそうすると喜ぶのよ。それだけ」とナタリーが囁いたのだ。マルキュスが食後に何かふかすかと言われて返事をしなければならなかったときに。そこで彼は葉巻がぜひ欲しかったのだと言ったのだった。彼はかなり下手くそに感激を誇張して演じたけれども、マドレーヌはそこに熱意しか見て取らなかった。それで、マルキュスはノルマンディーの家にいる社長の真似をしてみたのだ。彼は、頭が痛くならなかったことに驚いた。もっと悪いことに、葉巻の味をおいしいと思い始めた。逞しさが、たった今そこにあることに驚いたばかりだというのに、もう彼のなかに居座っていた。彼は一瞬の風のそよぎによって荒々しく人生をつかまえるという逆説的な感覚を覚えていた。この葉巻によって彼は、華麗なるマルキュスになった。

マドレーヌは、孫娘の笑う顔を見て幸せだった。フランソワが亡くなったときには泣いてばかりいたものだ。そのことを考えずに過ぎる日は一日もなかった。マドレーヌはたくさんの悲しい事件を目にしてきたけれども、これは一番激しいものだった。彼女は前に進まなければならないこと、人生はとりも直さず生き続けることなのだと知っていた。だから、笑うナタリーを見て、深く安堵の息をついた。さらに良いことには、彼女は偽りのない本能的な親しみをこのスウェーデン人に対して感じていた。

「彼は心が優しいわよ」

「あ、そう？　どうして分かるの？」

「感じるのよ。直感で。内面がすばらしいって」

ナタリーはもう一度祖母にキスした。そろそろ寝に行く時間だった。マルキュスはマドレーヌに「睡眠は翌日のスープにつながる道」と言いながら葉巻を消した。

マドレーヌは一階で寝ることにしていた。階段を上るのは辛くなっていたから。他の寝室はみな二階にあった。ナタリーはマルキュスを見て、「だからおばあちゃんが邪魔するってことはないわ」と言った。この言葉はいろいろな意味にとれた。セックスを暗示しているのかもしれないけれど、明日の朝はゆっくり眠れるだろうと言っているだけなのかもしれない。マルキュスはあまり考えたくなかった。彼女といっしょに寝るのだろうか？　彼はもちろんそうしたかったけれども、そんなことは考えないで階段を上らなければならないことを理解した。上りきると、彼は再び狭いという感覚に襲われた。車が通った道と家を回るためにとった二番目の道に続いて、狭いと感じるのは三回目だった。この不思議な廊下には、いくつか扉があって、同じ数だけ寝室があった。ナタリーは何も言わずに往復した。二階にはもう電気が通っていなかった。彼女は小さなテーブルの上にあった二本のろうそくに火をつけた。彼女の顔がオレンジ色に照らされた、が、日没よりむしろ暁に照らされたような感じだった。彼女もまたためらっていた。彼女はほんとうにためらっていた。彼女は決めるのは自分だと知っていた。彼女は火を、まっすぐに見つめた。それから扉を開いた。

112

シャルルは扉を閉めた。彼はすでにふつうの状態ではなかったが、もっと酷い状態にだってなれそうだった。それほど自分の体を遠く感じていたのだ。今日一日で喰らった二つのビンタのために顔にはまだ痛みがあった。自分がサイテイだったこと、個人的な都合で社員を異動させようとしたことがスウェーデン本社の上のほうに知れたらたいへんだということも知っていた。しかし、知られることはまずないだろう。あの二人をもう目にすることはないと彼は確信していた。彼らの失踪に後戻りはないという印象があった。そしておそらくそのために、彼はなによりも傷ついていたのだ。二度とナタリーに会うことはないということに。すべては彼の過ちだった。彼は愚かな振る舞いをしたのだし、そのことで深く自分を責めていた。一瞬でいいから彼女に会って、赦しを乞い、惨めさから抜け出せる可能性を試したかった。彼はあれほど探し続けた言葉を見つけたかった。ナタリーに愛されるチャンスがまだ彼に残されている世界、もう一度彼女に初めて出会うことができる、感情の記憶喪失の世界に生きたかった。

彼は今、自宅のリビングを歩いていた。そして十年一日のごとき光景、ソファに座っている妻の前に立った。夜のこのシーンは、一枚しか絵のない美術館だった。

「元気?」と、彼は小さい声で言った。

「元気よ。あなたは?」

「心配しなかったのか?」

「なんで?」

「昨夜のことだよ」

「えぇ、しないわよ……昨夜、何があったの?」

ローランスはほとんど顔をこちらに向けもしなかった。シャルルは妻の首に向かってしゃべっていた。前の晩に彼が帰らなかったことにすら気づいていないことが、たった今、分かった。彼と空虚との間に、何の違いもないということが。その衝撃は底知れないほど深かった。平手打ちを食らわそうかと思った。そうすれば、今日一日の暴力の帳尻を合わせることになる。自分が受けたビンタのうちの少なくともひとつを妻にくれてやろうとして、しかし、その手は一瞬、宙に止まった。彼は手をしげしげと眺めた。手は宙に浮いたまま、どこへ行ったらよいか分からなくなっていた。彼は一瞬のうちに理解した、自分はもうこれ以上愛の欠如に耐えられなくなっているということを、干上がった世界に生きていて窒息しそうだということを。誰も決して彼を腕に抱くことはなく、誰も彼に対してほんの少しの愛情の徴も示さなかった。どうしてこんなことになったのか? 彼は優しい世界があることを思い出すこともできなかった。繊細な世界から閉め出されていた。

彼の手はゆっくりと下ろされ、妻の髪の上に置かれた。彼は感動していた。本当に感動していた。どうしてこんな感動が沸き起こってきたのかよく分からないまま。彼は妻が美しい髪をしていると思った。おそらくそのせいだろう。彼はその手をもっと下ろし、妻のうなじを触った。彼女の肌を探っていくと、かつてキスした痕跡を感じることができた。彼の情熱の思い出。彼は妻のうなじを彼女の全肉体を再び征服するための出発点にしたいと思った。彼はソファを回って、彼女の前に立った。彼は跪いて、彼女にキスしようとした。

「なにしてるの？」と彼女は歯切れの悪い声で言った。

「君が欲しいんだよ」

「今？」

「そう、今」

「いきなりびっくりだわ」

「だから何さ？　君にキスするのにアポイントをとらなきゃいけないのかな」

「そんなことはないけど……馬鹿ね」

「それに、ほかにもいいことがある。知ってる？」

「いえ、知らないけど？」

「ベニスに行くんだ。そう、そうしよう……週末に旅行しよう……ふたりで……きっと楽しいよ……」

「……あたし、船酔いするのよ」

「だから？　かまわないじゃないか……ベニスは、飛行機で行くんだから」

「あたしが言ってるのはゴンドラのことよ。ゴンドラに乗れないと残念じゃないの。そう思わない？」

113

ある二流のポーランド人哲学者の思想

ただろうそくだけが断末魔の秘密を知っている。

114

ナタリーはいつも使っている寝室に入った。彼女はろうそくの光で前を照らしながら歩を進めたが、部屋の隅々までよく知っていたから、真っ暗闇でもちゃんと歩けただろう。後ろにはマルキュスが彼女の腰につかまってついてきた。これは、彼の人生で一番輝かしい暗闇だった。彼は幸せの強度があまり強くなりすぎて、能力を奪われてしまうのではないかと心配した。興奮しすぎてできなくなってしまうことは稀ではない。そのことは考えないようにしなければ、ただ毎秒毎秒に身を任せなければ。一呼吸がひとつの世界のようだった。ナタリーはナイトテーブルの上にろうそくを置いた。ふたりは、影が心を駆り立てるように揺れるなかで、向き合った。

女は男の肩に頭をもたせかけ、男は女の髪を撫でた。そのままずっとそうしていることもできただろう。ふたりは立ったままでも眠れるような恋物語のなかにいた。しかし少々寒すぎた。それはまた、人気《ひとけ》なさから来る寒さでもあった。ここには普段、もう誰もこないのだ。そういう場所は、思い出に思い出を重ねることで、ある意味、征服しなおさなければならない。ふたりは毛布の下に横になった。マルキュスは飽くことなくナタリーの髪を撫で続けていた。その髪をあまりにも愛していたものだから、一本一本の身の上話や考えていることを知りたいほどだった。彼女の髪の毛の中に旅に出たかった。ナタリーはことをいきなり行おうとしない、この男の繊細な配慮をこころよく思った。とはいえ彼は積極的でもあった。今や、彼女の服を脱がせ、彼の心臓はいまだかつて知らなかった力に脈打っていた。

彼女はもう一糸まとわず、彼に体を密着させていた。あまりに激しい感動に、彼の体の動きは遅くなった。ほとんど後ずさりのような緩慢さ。彼は巨大な恐怖に徐々に蝕まれて、混乱していた。男がぎこちなく、躊躇しているこの時間を女は愛した。なによりもこれが欲しかったのだ、必ずしも女慣れしていない男によって男性というものとの関わりを取り戻したかったのだと分かったような気がした。愛情はどんなふうに使うものかをともに発見していきたかったのだと思った。彼と一緒になることを考えると、どこかとても安らぐものがあった。もしかしたら自惚れかもしれず、浅はかかもしれないが、この男は自分と一緒にいると、ずっと幸せだろうと思えたのだ。このカップルは極めて安定しているだろうという感じがした。何も起こらないだろう。彼らの肉体を結び合わせることは、死への予防線になるだろう。こんなことをみんな、彼女はきれぎれに、さしたる確信もなしに考えた。彼女に分かっていたのはただ、こういう状況のとき、決めるのは常に肉体であり、今はまさにその時だということだった。彼は今、彼女の上にいた。彼女はしがみついた。

こめかみに涙が流れた。彼は涙に口づけした。

この口づけから新たな涙が生まれ、それは今度は、彼の涙だった。

115

ナタリーがこの小説の初めに読んでいた本
フリオ・コルタサルの『石蹴り遊び』第七章冒頭

「僕はきみの口に触れる、一本の指できみの口の縁に沿って触れる、僕はきみの口を描いてゆく、まるできみの口が僕の手から生れるかのように、まるで初めてきみの口が半ば開こうとしているかのように、そうして、描く行為を完全に消去し、再び始めるためには、僕は目をつむりさえすればよく、そのたびに僕は僕の欲する口を生じさせるのだ、僕の手が選んできみの顔に描く口、あらゆる口という口の中から選ばれた口、きみの顔にこの手で描くためにこの上なく自由に僕が選んだ口、僕が理解しようともしない偶然によって、僕の手がきみに描いてやる口の下から微笑みかけるきみの口と正確に一致する口。」（土岐恒二訳）

116

すでに夜が明け始めていた。夜がなかったと思えるくらいだった。ナタリーとマルキュスは、覚めたりまどろんだりを繰り返し、そうやって夢と現実の間の境界を曖昧にしていた。

「庭に降りてみたいわ」と、ナタリーが言った。

「今？」

「ええ、来れば分かるわ。小さいころ、朝になるといつも、あそこへ行ったの。明け方には不思議な空気があるのよ」

ふたりはすばやく起きて、ゆっくり服を着た。*1 お互いを見つめ、冷たい光に身を晒しながら。そんなふうにするのが自然だった。ふたりは音をたてずに階段を降りた。マドレーヌの目を覚まさないように。そんな配慮をする必要はなかった。彼女はお客がいるときはほとんど眠らなかったから。けれど彼女は、ふたりの邪魔をしようとは思わなかった。ナタリーが庭の朝の静けさが好きなのは、よく知っていた（誰にでもその人なりの儀式というものがある）。昔から、いくつになっても、ここへ来るたびに、目を開くやベンチに座りに行くのだ。ふたりは外に出た。ナタリーは立ち止まって庭の隅々を眺めた。人生には前進もあり、破壊もある。が、ここでは何も動かない。不変の空間。

ふたりは腰かけた。ふたりの間には、あの、不思議が現実になったものがあった。官能の喜びという魔法だ。何かおとぎ話にあるようなもの、完全なるものから掠め取ったような時間。生きているその瞬間に記憶に刻むような時間。後になって何度も何度も思い出すだろう数秒。「いい気持ち」と、ナタリーは囁き、マルキュスはほんとうに幸せだった。彼女は立ち上がり、彼の目の前で、花々の前、木々の前を歩いた。優しい物思いに耽りながら、手の届くものみなに触れながら、ゆっくりと何回か往き来した。彼女は、ここでは自然ととても親密な関係を持っていたのだ。彼女はふと立ち止まった。一本の木に向かい合って。

「いとこたちと隠れんぼしたとき、この木に向かって数えなきゃならなかったのよ。長かったわ。一一七まで数えたんだもの」

「なんで一一七なの?」

「さあね。この数字に決めたのよ。こうしようって」

「隠れんぼしようか、今?」と、マルキュスが提案した。

ナタリーは彼に微笑みを返した。彼がそんなことを言い出したのがとてもうれしかったのだ。

彼女は木に顔を伏せて目を閉じ、数え始めた。マルキュスはなかなか見つからないだろう場所を

1　もしかしたら反対だったかもしれない。

探しに行った。望むのはいいが実現は難しかった。そこはナタリーの領分だったのだ。良い隠れ場所はみんな知っているに違いない。どこに隠れようかと探しながら、どこに行っても、ここにはきっと彼女が前に隠れたことがあるに違いないと思った。彼は歩きながら、あらゆる年齢のナタリーを垣間見た。七歳のときはこの木の後ろに隠れたに違いない。十二歳のときはきっとこの茂みにもぐりこんだはずだ。思春期になって、彼女は子どものころの遊びをやらなくなり、ぶつぶつ文句を言ったりしながら茨の前を通っただろう。そしてある夏、一年ぶりでここに戻って来たときには、夢見がちで心にロマンチックな希望を抱いた、若い女としてこのベンチに座っただろう。彼女の青春は、そこここに痕を残していて、もしかしたらこの花の陰で男に抱かれたかもしれなかった。フランソワは彼女の後を追って走り、ネグリジェをはぎとろうとした。祖父母の目を醒まさないようになるべく音をたてないようにしながら。庭じゅうをめぐる、音のない狂ったような追いかけっこの、その痕跡。ついに彼は彼女をつかまえた。彼女は振り払おうとするが、あまり本気には見えない。彼女は口づけを期待して振り返る。彼らは地面に転がった。そして、彼女は自分ひとりになっているのに気づく。彼はどこ？　彼はどこかに隠れている？　彼はもういなかった。彼はもう決してここにいることはないだろう。その場所にもう草はなかった。ナタリーが怒って、みんな引っこ抜いてしまったのだ。ここで、彼女は何時間も沈み込んでいて、祖母は家に入らせようとあらゆる手を尽くしたが、何も変えることはできなかった。マルキュスは、まさにその場所を歩きながら、彼女の苦しみを足下に踏み締めた。愛する人の涙にも打たれて歩いた。隠れる場所を探し続けて、彼は、ナタリーがこれから行くだろう場所もまた歩く。ここにもあそこにも、やがて彼女がなるだろう年配の女性を想像すると心が震えた。

こんなふうにして、ナタリー、ナタリー、ナタリーばかりの真ん中に、マルキュスは隠れるところを見つけた。彼はできる限り小さくなった。自分がかつてなく大きくなった気がしたこの日に。彼の体のあらゆるところで、内から欲する力が目覚め、大きく広がっていた。ひとたび決めた場所におさまると、彼はにっこりした。彼女を待つのは、彼女が見つけてくれるのをこうして待つのは、かくも幸せだった。

117

ナタリーは目を開いた。

終わり

訳者あとがき

ここに訳出したのは、フランスの新世代最良の作家の一人として注目されているダヴィド・フェンキノスの第八番目の小説、*La Délicatesse* である。大きな賞を取ったわけでもないのに、少しずつ口コミでヒットして販売部数を重ね、二〇一一年には、あらゆるジャンル混合で、ポケット版のトップに輝いた。気をよくしたフェンキノス自身が、弟のステファン・フェンキノスの協力を得て映画化した作品は、オドレイ・トトゥ主演で二〇一一年十二月に公開された。

物語は、夫を亡くした女性の悲しみと、彼女がその痛みからどんな風に立ち直り、新しい恋を得るかまでを描く。筋は格別ロマネスクではないし、登場人物に英雄的なところはみじんもない。重厚、深刻な作品を求める向きからは「軽すぎる」という声が聞こえてくるような気がするが、別の見方をすれば、誰にでも一歩間違えば起こりうるドラマであり、読者は登場人物に自己を重ねあわせやすかったのではないだろうか。そして、平和な世の中で平凡な人間に起こるドラマに深みがないとは誰が言えよう？

フェンキノスは、「身体がすべてを決定する」という発想からこの小説を思いついたと言う。「失恋したり、親しい人の死に出会ったときに感じる肉体的苦痛。それがある日、ふっと消える。

生理的な時間というものがある。愛というのも、肉体的なものなのだ。女性が突然、理由もなく男にキスしたら？　という発想からこの小説はできた。ひとは欲動をコントロールできない。ひとは理性的に、共通点があるからとかいって誰かに惹かれるわけではない。無意識に自分を幸せにしてくれる（あるいは不幸にする）相手に惹かれるのだ」

この小説の魅力は、物語やテーマ以上に、フェンキノスの独特の語り口にある。実に細かい人間心理の観察と、それに対する批評。恋愛心理の分析は、フランス文学のお家芸とも言えるものだが、そこに現代作家らしいモダンさと、優しさに支えられたユーモアが加わる。

小説なのに、しかつめらしく、おかしな註がついていたり、本文中に料理のレシピやレコードのリストが挟んであったり。ザッピングの時代に合った形式はいかにも現代小説らしく、飽きさせない。

デートに出かけていく男の心理、若い女性を口説いているとき自分が妻帯者であることを忘れてしまっている男の心理など、特に男性の恋愛心理を、ここまで鮮やかに、残酷にしかしどこか温かく、ユーモアたっぷりに描ける作家は少ないのではないだろうか。

原題の *La Délicatesse* は「デリカシー」という意味で、小説の中に辞書による定義が丸々引用されている。フェンキノス自身はインタビューに答えて、このタイトルの意味を、「まるでモテそうもない、さえないスウェーデン人が、ヒロイン、ナタリーの愛を得るが、この男の取り得のなかにデリカシーがある。デリカシーというのは、相手に深く配慮するということ、相手のいうことに耳を傾けるということ、相手を尊重して、決して急がせないということ」と解説している。が、読者である私は、言葉にできないような微細な空気や心理を捉えようとする作者の態度や、物語を要約したら切り捨てられてしまう部分にエッセンスのあるこの作品自体に、「デリカシー」というものを感じ、絶妙のタイトルだと思った。

ただ「デリカシー」自体、外来語であり、日本で小説のタイトルとして通りにくいと判断したため、邦題は『ナタリー』とした。冒頭の一文も「ナタリー」で始まり、末尾も「ナタリー」で終わっているこの小説のタイトルとして、そんなに外れてはいないと思う。

作中に小説や映画のタイトルやせりふの引用が散りばめられているのも、フェンキノスの小説の特徴である。はっきりと分かるように引かれているものの他にも、文中にさりげなく現れたりするので、気がつく人には面白いだろう。けれどもフェンキノスは、ペダンチックに知識のある読者にだけ目配せを送っているのではなくて、読者が自分の小説をきっかけに、知らなかった作品にアプローチしてくれたりするのがうれしいと言っている。読書案内、芸術鑑賞の手引きとして役立ててもらえれば本望だろう。そういうわけで、読者がアクセスしやすいよう、できるだけ日本で手に入る翻訳のタイトル、本邦公開映画のタイトルに従った。しかし映画などは日本で公開されたときの邦題がオリジナルとかけ離れていたりするので、翻訳者泣かせである。文中、一九七〇年制作のジャン＝ポール・ベルモンド主演映画『私の好きな男』は、本文中の「あの男が好きなのよ」に関連するため、このようにしたが、邦題は『あの愛をふたたび』である。同じように、ナタリーの好きな歌として出てくるアラン・スーションの『逃げ去る愛』は、同名のフランソワ・トリュフォー監督の映画に合わせて作られたもので、映画のタイトルは『逃げ去る恋』と訳されている。「恋」でも「愛」でも原語は同じなのだが、この歌詞の部分を「恋」にしてしまうと意味が違ってくるので、日本で知られているタイトルとは異なることは承知で「愛」とさせていただいた。

フェンキノスの作品は本邦初訳となるので、簡単に経歴を紹介しておこう。一九七四年生まれ。ソルボンヌ大学で文学を修めた後、ジャズ・ギターのインストラクターをしていた。二〇〇二年に、*Inversion de l'idiotie* でデビュー。*Le Potentiel érotique de ma femme* でロジェ・ニミエ賞受賞。二〇一一年の新作、*Les Souvenirs* は、主だった賞すべてにノミネートされ、ゴンクール賞の有力候補と騒がれた。結果的にはすべて逃したが、「老い」をテーマにしたこの作品は彼の新境地を示しており、今後も目が離せない。

今回、この翻訳をさせていただけたのは奇縁であった。私は昨年、白水社の雑誌『ふらんす』のために、フランスでたいへん売れっ子のフェンキノスにインタビューしようと思い立った（「訳者あとがき」中のフェンキノスの言葉は、このインタビューから引用したものである）。その時、ガリマールの編集者が、早川書房が版権を取ったばかりだと教えてくれた。記事のために「いつ刊行になりますか」と問い合わせたのが機縁で、お仕事をいただけたのである。機会を下さった早川書房と、細かいところまでよくお世話くださった永野渓子さんにお礼を申し上げたい。私の疑問点に、「何でも訊いて」と、ピンポン玉を打ち返す勢いで答えてくれた著者ご本人に感謝する。

世界二十五カ国語に翻訳された本書を、こうして日本の読者に届けることができるのは望外の喜びである。楽しんでいただけることを祈っている。

二〇一二年五月

訳者略歴　パリ第三大学比較文学科博士準備課程修了，翻訳家，エッセイスト
著書『パリの女は産んでいる』，『パリママの24時間』，『なぜフランスでは子どもが増えるのか』 訳書『幻想文学』ジャン＝リュック・スタインメッツ他

ナタリー

2012年6月20日　初版印刷
2012年6月25日　初版発行

著者　ダヴィド・フェンキノス
訳者　中島《なかじま》さおり
発行者　早川　浩
発行所　株式会社早川書房
東京都千代田区神田多町2－2
電話　03－3252－3111（大代表）
振替　00160－3－47799
http://www.hayakawa-online.co.jp

印刷所　三松堂株式会社
製本所　大口製本印刷株式会社

Printed and bound in Japan

ISBN978-4-15-209303-5 C0097

乱丁・落丁本は小社制作部宛お送り下さい。
送料小社負担にてお取りかえいたします。